La Chasteté d'Yvette

Par Michel Savon

PARIS

E. BERNARD, IMPRIMEUR-ÉDITEUR

29, Quai des Grands-Augustins, 29

SUCCURSALES

1, Rue de Médicis | Galeries de l'Odéon, 8-9-11

Droits de Traduction et de Reproduction réservés.

La Chasteté d'Yvette

I

COMMENT LE JEUNE LÉONARD DE LA HOUPETTE COMPRIT

TOUT D'ABORD LE CONJUNGO.

D'un geste suggestif, éminemment canaille, Mlle Esther Peau-de-Satin envoya son amour de corset rejoindre dare-dare les jupons fanfreluchés, les jarretières épatantes, les bas au sombre et transparent tissu, adornés de flèches symboliques, alluma une cigarette de fin tabac de Smyrne, bondit à l'alcôve polissonne, enfla, renversa des nichons ineffables et, rigoleuse, articula :

— Alors, tu te maries ? coco de mes béatitudes, extra-délicieux poulet...

Le « coco » des béatitudes d'Esther Peau-de-Satin, « extra délicieux poulet », par dessus le marché, de la susdite, répondait au nom sonore de Léonard.

de La Houpette et, en effet, allait prendre femme devant Dieu, couvert de ses bénédictions bien connues.

N'empêche que M. Léonard, bon jeune homme excellemment pratique, en attendant les sacramentelles voluptés, crut devoir loger, tout de même, *illico*, entre les seins neigeux de sa folle maîtresse, quelques baisers instructifs à miracle, non (du moins, je le présume), sans privilégier d'un pelotage vif la croupe rebondie, imposante, d'icelle.

Jusque-là, rien à dire, indiscutablement.

Mais quoi de plus scandaleux, idoine à la consternation, que l'entretien qui suivit, dénotant, hélas ! chez l'un et l'autre des acteurs de cette scène intime, un manque absolu de sens moral ?

M. Léonard de La Houpette, en fiancé vraiment pas ordinaire, gazouilla :

— Je me marie, oui. Mais ça t'indiffère, à toi, savoureuse poularde...

— Sûr, mon trognon, puisqu'on sera toujours le petit Léonard à son Esther suave.

— Toujours !

— Chic. Hein ? tu parles, minet, s'ils font la paire, ces nénés de blancheur ?... Tu ne t'embêtes pas, au moins, dis, chéri ?...

— Succulente friponne !

— Doux sacripant !... Ta moustache me chatouille...
Tais-toi... A propos ?...

— Quoi donc ? chef-d'œuvre de Cupidon.

— A quand la noce ?

— Le plus tôt qu'il se pourra.

— Pour le magot de la vierge pudique ?

— Evidemment.

— Tu vaux de l'or, trésor.

— C'est aussi l'avis de ma future...

— Elle t'apporte, cette enfant liliale ?

— Dans les huit cent mille, mon ange.

— Peuh ! Elle s'en tire à bon compte, tu sais, la
colombe innocente... Il n'y a, sous la calotte céleste,
j'en réponds, qu'un Léonard de La Houpette, un seul.
Madame, c'est probable, aura de l'agrément. Mais
une question, crotte en sucre.

— Pose, Esther.

— Je te préviens qu'elle n'est pas décente...

— Vraiment ? De ta part, ça m'étonne !... riposta le
gaillard, qui pouffait, reniflant la nuque potelée,
grasse, laiteuse, de l'exquise prêtresse de Vénus.

Alors, à brûle-pourpoint, tout de go, affectant un
air de gravité comique, Esther Peau-de-Satin :

— Mon chou, es-tu pertinemment sûr du susdit pucelage ?...

Ainsi qu'on l'a vu par tout ce qui précéde, ce rare lapin de La Houpette promettait un mari dépourvu de banalité, que, vraisemblablement, l'exagération de ses scrupules n'affligerait pas, de sitôt, d'un mal incurable et mortel.

Il estima cependant que le « culot » de cette pécheresse passait un tantinet les limites permises.

Léonard, pincé, vexé, ronchonna :

— Fais-moi donc le plaisir de parler d'autre chose...

— Ça te gêne ?

— Considérablement.

— Pauvre chat !... Et ma cuisse te gêne-t-elle aussi ? Non, mais laisse-moi me gondoler, raton...

— Tu m'agaces.

— C'est possible, chéri, mais il faut être logique. Comment, monsieur de La Houpette, vous m'annoncez que, ratiboisé, déplumé, au bout de votre rouleau, vous épousez, pour y porter un remède infaillible, une noble héritière, et moi, votre houri, votre sultane, je n'aurais pas le droit de savoir si, oui ou non, votre conviction est que la chère petite....

— Tu ferais beaucoup mieux, Esther, d'enlever ta liquette.

— Oh ! pour ce qu'elle te cache, ma liquette !

— N'importe.

— Je veux bien, moi... Mais réponds à la question, bichon.

— Soit, caponna le libidineux Léonard.

Et la belle minette, alors :

— Bien vrai, tu la crois coquebine, dis, gros loup, ta fiancée douillarde ?

— Cette blague ! Elle sort des Oiseaux.

— Mazette !

— C'est un vivant poème de candeur.

— Bidard !

— Oh ! pour ça, je m'en vante.

— Quel âge ?

— Dix-sept ans, aux noisettes prochaines.

— Galbeuse ?

— Je t'écoute. Brune, avec des yeux d'un noir d'abîme, qui n'en finissent plus ! un teint de nénuphar ! des dents d'impératrice ! une bouche idéale !

Nota. — C'est qu'il était dans un de ces moments où mettre les pouces, sans préjudice, au surplus, d'autre chose, devenait pour lui inévitable.

une taille qui tient dans les dix doigts ! une gorge...
ah ! une gorge troublante, affolante, que ma pensée
dévêt avec ivresse...

— C'est gentil pour la mienne, dont tu te rinces
l'œil, ce que tu chantes là, coco... Dites donc, monsieur Léonard de La Houpette ?

— Vas-y, ô blonde capiteuse !

— Savez-vous ce que je pense, moi, Esther Peau-
de-Satin ?

— Non, pas le moins du monde.

— Eh bien, je pense que, disposant, pour vous tenir
au chaud dans le sacré plumard, d'une légitime de ce
chic renversant, vous plaquerez votre maîtresse, un
jour ou l'autre...

— Pas si bête !

Insistons-y : ce tendre chenapan de Léonard ne
risquait guère de mourir étouffé par la vertu, mais il
avait de la jugeotte et le prouvait.

Il s'exclamait : « Pas si bête ! » à la minute même
où, appétissante en diable, unique de fraîcheur, éminemment boulotte, Mlle Esther envoyait au plafond
le dernier linon superflu.

La blonde et jolie fille, maintenant, sur le lit
d'amour rien moins que chaste et pur, en cette atti-

tude nonchalante, d'abandon, de paresse, n'incitait pas précisément M. de La Houpette — qui, d'ailleurs, comme on voit, s'en souciait fort peu — à s'en aller faire connaissance avec les austérités de la Trappe.

Et que, quoique bel et bien fiancé, cet irréductible fêtard projeta, nonobstant, de garder à son joyeux service une si fringante luronne, c'était peut-être rosse, mon Dieu, je ne dis pas, mais intelligent à souhait.

Jetons toutefois un voile impénétrable autant que nécessaire sur les fantastiques ébats auxquels se livrèrent ensuite Esther et Léonard.

La morale avant tout, vous comprenez. Ah ! mais...

II

OU L'ON VERRA QUELLE VIERGE INEFFABLE AVAIT DONNÉ

SON COEUR A L'AFFLIGEANT M. DE LA HOUPETTE

Ce coquin de printemps revenait avec ses effluves
perfides, légendaires, mettant du vague à l'âme des
jeunes et gentilles Parisiennes qui, pour une raison
ou pour une autre, n'avaient point encore vu le loup,
ce dont il était juste, certes, qu'on les plaignît sin-
cèrement.

Mlle Yvette du Collè-Monthey, qui se classait en
haut rang parmi elles, vint, dans la tiédeur odorante
du soir, s'accouder à son balcon, lequel donnait sur
l'aristocratique Parc Monceau, et, devant l'infini majestueux du ciel, où se mourrait l'astre-roi, ce lis
d'humanité rêva.

Tout le monde a reconnu la fiancée de Léonard.

C'était elle, en effet.

Et il importe d'indiquer aussitôt que cette pa-

tricienne en sa fleur valait le voyage, indubitablement.

Il faudrait, je l'avoue, la plume illustre d'un poète
inouï, dans son noble lyrisme, de précision, d'exacti-
tude, pour réussir à faire comprendre, admirer, tout
ce que répandait, autour d'elle, de charme ingénu,
virginal — et sans effort, j'ajoute, ainsi qu'on respire,
qu'on se meut — Yvette du Collè-Monthey.

Quelle perle !

Quelle vestale !

Quelle hermine !

J'ignore si le lecteur possède, à mon instar, une
nature archi-impressionnable, mais c'est plus fort
que moi.

Quand je songe que cette brune enfant, toute par-
fumée d'innocence idéale, sage, *bone Deus* ! comme
une flopée d'images — et qui fut, qu'on s'en pénètre
bien, élevée aux Oiseaux — va devenir la proie de
ce patachon fieffé, machiavélique, de Léonard,
j'éprouve des affres instinctives, je frissonne d'épouvante, d'horreur.

Infortunée Yvette !

Quoi, Mlle du Collè-Monthey, qui lève, à l'instant,
vers la nue, ses prunelles angéliques, n'est cette jeune

Ève exemplaire entre toutes, éblouissante, ruisse-
lante, ébouriffante de neigeuse blancheur, que pour
échoir, de par la Loi, le Sacrement, à un tel faribole?
Eh bien, j'en fais mon compliment sincère à l'institu-
tion solennelle, antique, et bénie du mariage : c'est
du propre !

Mais comment, hélas ! lorsque la Destinée s'en
mêle, empêcher de battre plus fort le naïf petit cœur
des donzelles innocentes ?

Depuis que Léonard, guignant les pépettes ché-
ries, lui avait gazouillé ces phrases de musique, adé-
quates aux embobinages rapides, Mlle Yvette brûlait
de savoir percé le joyeux mystère de l'hymen.

Cette adorable personne coupait-elle vraiment dans
l'histoire des gosses qu'on trouve sous les choux ?
Il n'est point défendu de le croire, tant son ingénuité
semblait miraculeuse. Mais on est fondé cependant à
admettre que la tourterelle, néanmoins, se demandait
si, mariée, on couche avec un beau garçon, uniquement
pour qu'il vous regarde, avant de s'endormir, le
blanc de vos mirettes lumineuses !

Yvette sans doute, ce soir-là, s'interrogeait en ce
sens, car il n'était point rare que, empourprée de
rougeurs de tomate, elle soupirât, significativement :

— O Léonard ! mon petit Léonard !...

Là-dessus, les longs cils veloutés de la vierge de rêve avaient un brusque battement, sa main fine et racée envoyait un baiser, l'incarnat de sa joue s'avivait, son jeune buste de déesse ondulait comme les blés d'or que la brise caresse et, même, il arrivait que la très délicieuse Yvette, plutôt ironique, murmurât : /

— Tais-toi, mon cœur.

Ça, par exemple, c'était défrisant pour la psychologie.

Evidemment, cette jeune fille était la perfection. C'est entendu. Mais pourquoi : « Tais-toi, mon cœur », dans la bouche en cerise d'Yvette ? Etrange ! Etrange !

Soudain, la noble demoiselle tressaillit.

— Ma chère enfant, disait la mère, Mme du Collè-Monthey (Agathe, de son nom baptismal) parois-sienne fringante, intéressante, restée veuve à trente ans, et qui, pour savourer de rechef les bons morceaux, n'avait pas jugé indispensable de reconvoler ici-bas.

Elle pressa tendrement son Yvette sur la même poitrine sculpturale que, depuis la catastrophe, des mâles vigoureux et successifs — on parlait de la demi-douzaine — avaient dénudée en de folles ivresses, puis baisant le jeune front nimbé de pudeur mirifique :

— A quoi pensais-tu ? ou à qui ?... A ton fiancé, j'imagine ?

— Oh ! maman, balbutia Yvette.

— Où est le mal ?... Dans quelques jours, ma fille bien-aimée, tu entreras dans le lit d'un époux selon Dieu, faveur suprême, incomparable, certes, mais dont nulle, jamais, mon bijou, ne se montra plus digne.

— Oui, maman.

— Quoi de plus normal, dès lors, que de se complaire, en une propice solitude, à la vision du doux victorieux ? L'hyménée, mon Yvette admirablement pure, te réserve, soit dit en passant, d'assez grosses surprises... Il y a dans le mariage, mon enfant, au cours de la nuit nuptiale, des réalités insoupçonnées, qui stupéfient la vierge ignorante dont la chair s'abandonne, se livre... C'est le Très-Haut qui l'a voulu ; c'est la nature qui l'impose : tu n'y changeras rien, Yvette.

— Non, maman.

— D'ailleurs, avec les circonlocutions d'usage,

quand le moment sera venu, moi, la mère, qui ai
passé par là, non moins couronnée de vertu, je t'ins-
truirai des devoirs à remplir, lesquels devoirs, Yvette,
s'ils coûteront d'abord à ta chasteté sainte, ensuite,
ma chérie, te plongeront dans le ravissement... Mais
il sera toujours assez tôt, je l'affirme, de te faire en
secret cette leçon pénible... En attendant, rêve, va,
rêve de ton beau Léonard... Si j'ai troublé ta songerie, c'est que j'avais à te remettre une lettre de ta
meilleure amie, Mlle Flora de Sanzambage. La voici,
mon Yvette adorée.

— Merci, maman.

— Je te laisse. Rêve, chérie, rêve...

Et, en effet, Agathe du Collé-Monthey, ayant
réussi, la gaillarde, le tour de force point banal d'a-
border ce terrain spécial sans éclater de rire au nez
de sa progéniture, Agathe du Collé-Monthey engouf-
fra dans l'appartement son imposante personne.

Quant à Mlle Yvette, qui n'en paraissait pas con-
trariée outre mesure, elle suivit un moment du regard la vaste silhouette maternelle, puis — fût-ce
tendresse ou précaution ? — ayant prolongé ce regard, elle brisa, délibérément, le pli de son amie.

— Cette chère Flora ! Voyons ce qu'elle annonce...

III.

Une manière comme une autre de préparer son entrée en ménage ou les prétendues obsèques d'une vie de garçon.

Esther Peau-de-Satin, qui, par un recommandable privilège, avait toute la grande noce parisienne dans une seule goutte de son sang, s'était empressée d'insinuer à Léonard :

— Évidemment, mon petit, ce sera pour la frime... Mais dès l'instant qu'il pleuvra du champagne, je ne veux rien savoir. Tu vas faire semblant, ô merveilleux lapin, de rompre avec Satan, ses pompes et ses œuvres. On invitera les aminches, et on prendra le plumet de rigueur. Pas d'observation ! Les convenances avant tout.

— Heu ! avait timidement risqué M. de La Houpette, les convenances exigent-elles bien ?...

— Mais ça coule de source, mon trognon.

— Alors, c'est différent.

Léonard, qui n'aimait pas contrarier la nymphe, n'en avait pas demandé davantage, de sorte que sa garçonnière de Neuilly devenait, à cette heure, le théâtre discret d'une petite fête susceptible d'engendrer maints sujets de satisfaction et... de tableaux vivants plutôt fâcheux pour l'honnête morale.

Les « dames » présentes — soyons poli — attestaient les relations flatteuses de l'époux qui imminait pour la très chaste Yvette, époux « selon Dieu », comme disait, on s'en souvient, avec tant de justesse, Agathe du Collè-Monthey.

Il y avait là, notamment, riches fleurs vénéneuses en bouquet : Mlles Anita Beaux-Nénés, Florentine Omnibus, Armande Noce-A-Mort, Léonide Cinq-Louis, Zoé Callipygette, ce qui nous autorise à supposer que les convives mâles, en l'espèce, n'étaient point alléchés, seulement, par le coup de fourchette.

Mais n'anticipons pas.

Dès qu'il eût prit, de plein droit, la présidence de ces touchantes agapes, le jeune et sémillant M. de La Houpette eut l'heur de constater qu'une cordialité hors de pair, de tout premier choix, en un mot, serait vraisemblablement du gueuleton.

La *Truite à la Genévoise* avait à peine succédé aux *Canapés de Caviar et d'Huitres*, que, déjà, les croqueuses de pommes, en corset, à la bonne franquette, permettaient aux fêtards de l'assistance des comparaisons suggestives.

Au surplus, comme le Johannisberg et le Château-Filhot qui venaient de ruisseler dans les cristaux *ad hoc* eussent délié des langues beaucoup moins circonspectes que celles de ces messieurs et de ces dames — soyons toujours poli — les colloques entraient dans une phase intéressante.

En raffinant des effets de nichons particulièrement dignes d'être goûtés, Florentine Omnibus, dont les souvenirs (chose stupéfiante), semblaient dater de la veille, contait à son voisin, en termes expressifs, comment elle l'avait perdu — pas le voisin ! Fernande Noce-A-Mort, nouant ses amours de bras nus au cou d'un blondin peu morose, qui occupait tranquillement ses doigts sous la table orgiaque, lui chantonnait, en experte allumeuse : « *C'est moi qui suis la femme à barbe* ». Secouée de rires lourds, canailles, Léonide Cinq-Louis, dont le verre ne désemplissait pas, recueillait l'avis autorisé de son seigneur et maître occasionnel sur cette lentille, joliment scélérate, là, au ravin de ses brunes épaules. Bref, dans les vignes déjà, toutes les trouspétarinettes réunies autour de cette nappe composaient bien, irréprochablement, des coquines suaves.

Le digne et rubicond jeune-homme qu'était Léonard de La Houpette susurra :

— Dis, mon Esther polissonne, comment le trouves-tu le service funèbre pour la frime ?

— A la hauteur. Du reste, coco, tout ce qui vient de toi y est infailliblement à la hauteur !

— N'est-ce pas ?... Mais de quoi te gondoles-tu donc ?

— De la tête que ferait Mlle du Collé-Monthey, si la blanche brebis pouvait contempler le tableau, pressentir quel bouc du fort calibre est dans la peau de M. Léonard de La Houpette. Oh ! oui, je me gondole !

Et, effectivement, cynique à peindre, à encadrer, la plantureuse Esther s'esclaffait de son mieux, ce qui mettait en folichonne danse deux hémisphères qui ne donnaient pas, fichtre non ! des idées de suicide instantané.

Mais maintenant on servait le rôti : le Filet de bœuf à la Châteaubriand, flanqué, par parenthèse, d'un

Pichon-Longueville des plus vénérables, juteux.

On continua de s'empiffrer, de licher, tant et si bien que, après les Fonds d'Artichaud à la jardinière, le Soufflé au chocolat, la Sicilienne de fruits, le tout arrosé, inondé, submergé de Rœderer frappé, satyres et bacchantes présentèrent alors le coup d'œil qu'on devine.

L'amphytrionne, Esther Peau-de-Satin, se leva, annonçant :

— Attention ! Ici, les messieurs ont la faculté de rester en habit, mais les minettes ôtent tout !

Et, aussitôt, cric, plus d'éclairage !

Quelques minutes s'écoulèrent, très largement suffisantes, car ce qui restait à enlever représentait un poids des plus minimes, puis, soudain, crac, toutes ces ribaudes impavides dressant leurs nudités d'orgueil dans l'électricité qui ruisselait !

Les messieurs se répandirent en hourras frénétiques, parmi lesquels ceux du beau Léonard, le fiancé de la pudique Yvette, marquaient, hélas ! par leur énergie abominable (Quelle honte !...)

Maîtresse de maison idéale, unique en vérité, pour les prévenances délicates, Esther articula :

— Mes chères sœurs en Vénus Aphrodite, faites-moi le plaisir de vous asseoir, si le... cœur vous en dit.

— Penses-tu ? s'exclama Zoé Callypigette, en écrasant son pétard somptueux sur les genoux opportuns, serviables, du copain de prédilection de Léonard, un certain sieur Guy de Beaupiquet, dont le rôle, en ce livre moral, est bien près d'accuser, à son tour, un relief désolant.

— Si qu'on en grillait une, les frangines ? insinua, saoûle comme trois grives, Anita Beaux-Nénés, qui se ressentait, fille de pipelette, de sa plébéienne extraction.

Mais l'heure des toasts sonnait enfin.

A cet égard, il serait profondément injuste de ne point faire une mention flatteuse pour le *laïus* de Guy de Beaupiquet, lequel fut très bien, je vous assure, sauf quant au souhait final, plutôt intempestif, que l'orateur y formulait.

— Cher vieux, dit-il en sa péroraison, de même que nos gentes compagnes se distinguent, comme tu vois, par des bosses extra, archi-délicieuses, moi, ton fidèle Achate, j'ai, pour te servir, celle de la franchise. Interprète on ne peut plus ému de cette assemblée édifiante, au nom de toutes et de tous, je te bénis ! Tu épouses le sac, et pour avoir des méninges rebelles à la compréhension de cette heureuse chose, il faudrait être un profond idiot. Mais je suis parfaitement tranquille : avant peu, cher vieux, nous te saurons cocu !

Alors, ce fut du délire.

« Cocu ! Cocu ! Cocu ! » reprit en chœur la bande, à l'exception, qui s'expliquait, de Léonard de La Houpette, assez peu impatient d'être enrôlé sous la bannière des Ménélas de ce bas monde.

Dire que le vœu exprimé lui chatouilla l'amour-propre au bon endroit, ce serait excessif.

Non, il la trouva mauvaise, mais, à ce moment même, Esther Peau-de-Satin offrait à Léonard des compensations plus qu'agréables, et, lui prenant la fesse, il ébaucha un sourire de sphinx.

L'exercice, en soi peu fatigant, fit-il, à la longue, sur la houri du maître de céans, une spéciale impression, nul n'en saurait douter, car, brusquement, d'une voix chaude — ce qui se conçoit bien — et mouillée plus encore (non pour cause), Esther s'écria, rigoleuse :

— Un *De profundis* général, s. v. p., pour l'impur célibat de Léonard de La Houpette......

Derechef, toutes les lumières s'éteignirent et, sur le divan circulaire dont s'adornait fort intelligemment la salle du festin, le *De profundis* fut récité, monumental, obéliscal, de ferveur instructive, avec des onomatopées qui en racontaient d'ineffablement bonnes.

— Ah ! chéri, mon chéri, je vois les anges !... susurra Esther Peau-de-Satin.

Il y eut un silence, car Léonard, par la même occasion, allait les voir aussi.

Puis, d'un accent pâmé :

— Raton, gazouille-moi quelque chose de drôle, de crevant...

— De crevant ? Attends... Ah ! Je te narrerai, mon odalisque, la nuit de noces de Bibi.

Horrible, n'est-ce pas ?

Voilà donc bien campé le personnage, insigne rôtisseur de balais scandaleux, produit remarquable et synthétique d'une civilisation raffinée, c'est possible, mais qui désole, navre, où les plus poétiques Célimènes, les plus candides des vierges, sont promises hélas ! à de pareils satyres !

Tel était l'impudent, l'impénitent noceur, pour lequel Yvette du Collè-Monthey brûlait de cette flamme chaste, unique, sous le ciel, d'inouïe pureté, et allait — miséricorde ! — en tout bien, tout honneur, se laisser souffler sa rose !

IV

HYMÉNÉE ! HYMÉNÉE ! HYMÉNÉE !

Qu'on se recueille et qu'on se représente, revêtue
des nuptiaux atours, en sa riche toilette symbo-
lique, qu'elle portait avec le chic natif, la suprême
élégance, l'ancienne pensionnaire des Oiseaux.

Ah! quel gibier!

Pas le plus infinitésimal des doutes à émettre :
pour un superlificoquentieux morceau, c'en était un !

Comme la Vertu — heureusement! — ne perd jamais ses droits, même quand l'Innocence (pauvre
chatte !) court aux pires désastres, la brune et liliale
Yvette subjuguait surtout, c'est évident, par l'éclat
de son ingénuité, le rayonnement de sa pudeur.

Sous le toit maternel, qu'elle allait quitter pour le
nid conjugal, (sans de cuisants regrets, d'ailleurs), la
jeune fille se mirait dans sa psyché, quand, tout à
coup, le bruit d'un sanglot lui arriva.

Bruit singulier en un jour de semblable allégresse!
Que se passait-il donc ?...

Ceci, que, à la vision absolument précise, nette, de ce qui attendait, la nuit suivante, son enfant bien-aimée, parangon de sagesse, pucelle rare, inexprimable, intraduisible, Agathe du Collè-Monthey, prise d'effroi, se sentait défaillir.

— Tu pleures, maman? interrogea Yvette, non sans écarquiller ses grands beaux yeux limpides, fenêtres de sa jeune âme immaculée.

— Hélas! Comment ne pleurerais-je pas ? Si tu savais combien c'est dur...

Mme du Collè-Monthey s'interrompit : un nouveau sanglot secouait cette mère admirable, dont la faculté sensitive n'était pas dans un sac.

Les mêmes grands beaux yeux limpides fixèrent longuement la noble Agathe, et, alors (dame, qu'on se mette à la place d'Yvette) celle-ci, curieuse à bon droit :

— Qu'est-ce qui est si dur, maman ?...

— De se séparer de la chair de sa chair, de voir une fille adorée, exemplaire à souhait, ignorante de tout, aborder l'inconnu du mariage.... Comprends dès lors, mon Yvette chérie, le trouble, l'émotion, qui sont de mise !... Toutefois, je sens que ça va mieux, beaucoup mieux.

Ce n'était pas précisément dommage.

On admettra sans peine qu'Agathe, qui pesait dans les cent-quatre-vingt-quinze livres, montrât pour son plaisir ce qu'il est convenu d'appeler une belle santé. Mais que cette particulière, dont le veuvage prévoyant s'était offert, s'offrait encore des consolations multiples, innombrables, fondît en larmes affligeantes, parce que sa progéniture allait faire l'amour, c'était un peu trop fort de café tout de même !

Agathe, effectivement calmée, reprit :

— Nous n'attendons plus que Léonard, ô mon enfant chérie ! Il ne saurait tarder de paraître. J'ai néanmoins le temps de remplir auprès de toi, Yvette, en mère sans reproche, d'utile et précieux conseil, le grave office dont il fut question déjà... Ecoute. Sois tout oreilles, ma fille.

— Oh ! je le suis, va, maman.

— Fort bien... De corps et d'âme, Yvette, dans quelques heures, tu appartiendras à M. Léonard de La Houpelle, ton mari. Tu seras sa femme, sa compagne, sa chose, et... comment dirai-je ? Yvette, son..., son joujou.

— Par exemple !...

L'ingénue frissonna ; cependant, il y avait gros à parier que ce n'était pas d'épouvante.

— Mais oui, ô Yvette ignorante, — appuya Mme du Collé-Monthey — son joujou, parfaitement. Je t'avertis : ne t'étonne de rien, de rien... La première fois, c'est indiscutable, ma chérie, cette réalité qui se dresse, là, entre toutes tangible, vous apeure d'abord, en vous stupéfiant... C'est du moins l'effet que ça m'a fait à moi... Mais ensuite, et avec quelle rapidité merveilleuse !... tu verras, vierge ineffable, tu verras..., ensuite, on boit du lait, et on en redemande... Je suis fixée d'avance, mon Yvette : ce n'est pas toi qui t'inscriras en faux, demain matin, contre cette assertion... Ainsi donc, ne t'oppose, la nuit prochaine, dans le lit conjugal, à aucun des désirs de Léonard, *aucun*... Et, je t'en prie instamment, je te le recommande, car le devoir, Yvette, n'est que là, sois gentille, malléable, mignonne... Tu me le promets bien ?

Les grands beaux yeux limpides (déjà deux fois nommés) de la pudique enfant se fermèrent à demi ; ses longs cils veloutés eurent un battement, et l'ange de candeur daigna balbutier :

— Je m'y efforcerai, puisqu'il le faut...

— Évidemment, mon Yvette chérie. D'ailleurs, la conviction qui m'anime à cette heure est que M. de La Houpette, en mari épris, en parfait galant homme, conciliera tous les ménagements indispensables avec la jouissance... la jouissance...

Ici, Agathe s'arrêta, embarrassée, cherchant ses mots, bredouillant, et, enfin, put terminer sa phrase.

— ...Avec la jouissance de ses droits, acheva cette joyeuse paroissienne.

Puis, attirant, pressant Yvette sur son sein maternel : « Embrasse-moi bien fort, ô mon bijou ! »

Il était temps de mettre un terme aux chinoiseries d'ordre tout spécial ainsi débitées par la noble commère, et Léonard, resplendissant, reluisant, aveuglant, tel un soleil magique, fit invasion dans la pièce.

La vue instantanée d'Yvette, en ses habits neigeux, lui valut un tressaillement involontaire, qui faillit être suivi, chez l'obstiné fêtard, de bienfaisants remords.

C'est qu'on a beau lâcher, sans la moindre vergogne, la bride à ses passions funestes, profaner sa jeunesse, sa sève, dans les bras des cocottes, force vous est de trouver admirable le spectacle divin de la vertu — quand, surtout, comme c'était le cas, cette vertu a pour incarnation si sympathique une brunette bien en chair, exquisement boulotte, de dix-sept printemps.

Ajoutez à cela, avec les huit cent mille francs d'Yvette — qui imposaient, j'estime, des égards sérieux — la perspective, toute proche, de s'offrir à huis-clos, en paix, la prestigieuse donzelle, et son charme complexe tombera sous les sens.

Ainsi donc, avec toutes sortes de raisons meilleures les unes que les autres, le sieur Léonard de la Houpette ne fit aucune difficulté pour reconnaître que la vierge éthérée le suggestivait superlativement.

— La vie a du bon! soliloqua *in petto* la pratique.

Comment Léonard et Yvette furent unis ensuite par devant M. le maire et M. le curé, avec toutes les herbes de la Saint-Jean, autorisés enfin à se sucer la pomme, éperdus et béats, je vous en ferai grâce.

Mais je tiens à vous fixer sans le moindre retard sur l'impression suave que reçut, de Mme de la Houpette, en la fleurissant de ses profonds hommages, le premier témoin du marié, qui n'était autre, naturellement, que Guy de Beaupiquet.

Ce dernier s'empressa de convenir que Léonard, son « cher vieux », comme disait cet excellent jeune homme, n'allait pas, de toute évidence, s'embêter entre minuit et trois heures du matin. Mais, aussitôt, par une déduction au moins originale, de Beaupiquet se fit la réflexion suivante : « Avoir à soi, tout seul, « pour se tenir le bedon chaud, une petite femme de « ce numéro-là, ce serait un défi monstrueux à la « saine raison, et puisque, tôt ou tard, l'homme sera « cocu, d'abord, c'est indiqué, il doit l'être par moi. »

Conséquemment, Guy, dans ce noble but, tirait des plans sur la comète, lorsque, au cours du repas nuptial, et voisin immédiat de Mme du Collè-Monthey, il se sentit amené à une constatation d'un intérêt puissant, inattendu, et tout particulier.

D'abord, il se crut le jouet d'un leurre, tant ce dont il s'agissait se cataloguait parmi les faits invraisemblables, bizarres...

Mais non, Guy de Beaupiquet ne rêvait pas : Agathe lui faisait du genou.

Quel trait de lumière pour le séducteur éventuel d'Yvette !

Calculateur adroit en sa dépravation, il songea, ce Lovelace infâme :

— Tiens, tiens, voilà qui tombe à pic, nom d'un petit bidet !...

A la condition, en effet, de savourer, de temps à autre, en une intimité excellemment étroite, un compliment solide, l'incandescente et copieuse veuve pouvait devenir un auxiliaire inestimable.

Cela lui ouvrait des horizons, à Guy de Beaupiquet, horizons vastes, s'il en fût, car la corpulence d'Agathe promettait des charmes abondants à plaisir.

Se concilier la mère, se l'attacher par un lien trop immoral, hélas ! mais productif du résultat final, pour mieux embobiner la fille, c'était l'enfance de l'art, l'*a b c d* de la corruption contemporaine.

Guy de Beaupiquet ne tergiversa point, ce qui revient à dire que, par une riposte savamment ménagée, son genou à lui effectua, en douceur, une pression instructive, éloquente, qui pouvait se traduire ainsi : « Ma chère dame, nous causerons de ça ».

Parallèlement, le drôle feignit d'éternuer, laissa choir son monocle select, puis, sous couleur de le ramasser, pinça, cynique polisson, le gras du mollet majestueux d'Agathe, laquelle, descendue en sa conscience non moins ample, pensait, n'en doutez point : « Ou je m'abuse fort ou ce monsieur de Beau-

« piquet, entre deux draps, doit être infiniment plus
« inventif que feu Sosthène-Edgard-Brix du Collè-
« Monthey... Du haut du ciel, sa demeure dernière,
« qu'il me pardonne encore, si je marche. Moi, je
« vais me payer ce rigolo ! »

Brave Agathe !

Mais un qui, légitimement transporté, fort du
nœud de l'hymen, commençait à voir dans ses invités
autant de raseurs sans vergogne, c'était Léonard de
La Houpette.

La chaleur communicative des banquets en général
et, en particulier, des festins nuptiaux, n'était pas
pour amoindrir l'attrait si virginal de la délicieuse
mariée.

Certes, en jeune personne d'extrême distinction,
du meilleur monde, Yvette avait pris soin de s'hu-
mecter modérément la dalle. Mais sans revenir de
Suresnes, sans s'être, en un mot, piqué le nez, par
l'unique effet de sa joie mémorable, la brune enfant,
déjà si galbeuse en temps ordinaire, devenait, parbleu ! excitante au possible.

— Quelle nuit ! Dieu de mes ancêtres, quelle
nuit !... se disait M. de La Houpette.

Inutile d'ajouter qu'il se sentait en forme inoublia-

blement, à même de prononcer, derrière les cour-
tines protectrices, un discours énergique, remuant,
solide, en trois points — et même quatre. — ce qui
est d'un orateur plutôt aisément supportable.

Aussi le marié, masquant d'un sourire héroïque
l'impatience qui l'envahissait, envoyait-il à tous les
diables les gêneurs.

— Ah ! ça, quand déraperont-ils ? Je les ai assez
vus, moi, songeait de La Houpette.

Enfin l'époux bienheureux respira : les violons venaient de se taire et les gens de la noce s'esbignaient.

Mais alors, autre guitare.

Soudain, Léonard sursauta : Mme du Collé-Monthey l'attirait dans un coin.

— Mon gendre !

— Belle-maman !

— Yvette ?...

— Eh bien, quoi ? Qu'est-ce qu'il y a donc ?

— Que vous allez consommer le mariage avec ma
fille idolâtrée et que, du tréfonds de mon cœur maternel, M. de La Houpette, je vous adresse une
prière...

— Soit. Mais ne la faites pas longue : je suis un
peu pressé...

— Quelques mots suffiront... Vous avez une femme angélique...

— Certes, belle-maman.

— Et qui, dans sa pureté sainte, ne se doute en aucune façon, aucune, de ce que les épousailles offrent de matériel, de brutal, j'ose dire, mon gendre.. Je compte donc sur vous, cher enfant, pour que vous opériez de manière à ce que notre Yvette ne s'offusque pas outre mesure...

— J'y tâcherai.

— Bon ! De grâce, Léonard, soyez délicat à l'extrême, ayez le doigté de circonstance, un doigté qui..., un doigté que...

— Belle-maman, je saisis à merveille.

— Yvette, n'est-ce pas, c'est toute la pudeur, toute la simplicité sans rivale, céleste, dont le Seigneur se plaît à embellir les vierges d'élection ?... Léonard, mon enfant, ne brusquez point les choses et préparez la voie.

— Je la préparerai. Soyez tranquille.

— C'est ça, monsieur de La Houpette. Que la pauvre chérie ait, du moins, le privilège de ne pas trop souffrir...

— Rassurez-vous ; elle ne souffrira que juste ce

qu'il faut... Une, deux, trois, partez muscade. Et arrive qui plante !

Ceci dit en un calme olympien, Léonard, trouvant excessivement digne, mais assommante, sa noble belle-mère, coupa court à la conversation, baisa Agathe sur la joue, puis s'en fut, rapide comme un zèbre, rejoindre, ô volupté ! ô délice ! dans le plumard nuptial, son Yvette si chaste, si candide, à l'extraordinaire blancheur d'âme !

V

COMMENT SE PASSA LA NUIT DE NOCÉS DE Mme LÉONARD
DE LA HOUPETTE ET LE RÉCIT QUI EN FUT FAIT PAR
L'HÉROÏNE A SON ANCIENNE COMPAGNE DES OISEAUX,
Mlle FLORA DE SANZAMBAGE, LAQUELLE RÉPONDIT EN
CONSÉQUENCE.

« Adorable friponne,

« Ça y est...

« Pfft ! Envolé, disparu, anéanti, en ce qui me concerne, ce dont nous fîmes tant de gorges chaudes, au cours de nos suaves entretiens.

« M'en voici délestée tout à fait... Bon voyage !

« Ah ! le pauvre !...

« Je t'accorde, Flora si grassouillette, que l'infortuné, depuis belle lurette, de par tes soins assidus et jolis, se trouvait réduit à sa plus simple expression d'existence... Mais, chérie de mon cœur subjugué, soudain, avec M. de La Houpette, ah ! quel coup de grâce impitoyable, magistral !

« Non, de mémoire de quart de vierge, on n'a jamais vu ça... J'en pleure, figure-toi, tant ce fut drôlichon. Toutefois, je me garde d'anticiper : je narre point par point, pour tenir ma promesse.

« Tu sais, mon esclave divine, s'il est des traditions vieillottes, surannées et comiques, celle, notamment, à laquelle obéit une mère en chapitrant sa fille, l'heure venue, sur ses conjugales obligations.

« Cet air de musique solennelle ne pouvait manquer à ton Yvette si gourmande... d'autre chose.

« Dans l'illusion, touchante, je veux bien, mais fortement godiche de respirer, de vivre, en 1830, Mme du Collé-Monthey y alla, avec une noble émotion, de ses conseils ultra-divertissants.

« Ah ! je l'ai eue, va, gros bébé adoré, l'antienne de la Soumission, du Devoir, et carabinée, je t'assure. Il paraît que, à l'instar des manches à gigot, ça se porte encore, ça, en 1904.

« Et tu vois Maman, tu l'entends...

« Mais, perle rarissime, c'est ta petite masque impayable d'Yvette qui vaut de l'or, de l'or, à ce moment ! On ne feint pas mieux d'arriver de Pontoise.

« Toi qui admires, chérie, ce don que m'impartit l'auguste Providence de rougir à propos, chaque fois que l'occasion s'en offre, si tu pouvais contempler le tableau, tu n'admirerais plus, mais tu t'extasierais. Ah ! pouponne sans prix, c'est plus beau que nature !

« Ne t'impatiente pas : j'en arrive, ma blonde, à la scène maîtresse, capitale, de la pièce de comédie.

« Il est un peu plus de minuit. Je me retrouve seule, en liquette, et allez donc, je me pagnotte, j'attends... prise d'une envie de rire, je ne te dis que ça.

« Brusquement, une draperie qu'on agite, qu'on écarte : c'est lui, l'Ogre. Attention !

« Alors, Flora, de mes longs cils de jais voilant à demi mes prunelles d'abîme, je regarde, détaille mon époux.

« Il faut se rendre à l'évidence : M. de La Houpette, extrêmement joli garçon, se particularise, en outre, d'un chic de haute allure. Il empaume, quoi !

« Radieux, pourri de fatuité charmante, il s'avance, s'incline, me baise au front, d'abord, ensuite sur la bouche, longuement, artistement...

« Ça me fait quelque chose, saprelotte !

« Il me semble avoir par tout le corps, sur cette peau si fine et qui t'enchante, des myriades de fourmis et, spontanément, je l'avoue, cependant qu'il boit

mon haleine de feu, eh bien, moi, je rends son baiser
à Léonard.

— Trésor ! murmure mon mari.

— Maman m'a recommandé : « Yvette, sois mignonne », et j'ai un culte pour ma mère, monsieur....

« Tu parles, Flora, si le de La Houpette se promet
de l'agrément avec cette épouse ingénue ?

« Mais à présent, ô ma fée libertine ! tandis que les
vêtements de mon seigneur et maître tombent dans
la pièce à côté, je te revois, je songe : « Monsieur
« mon mari, je conviens que vous êtes charmant, char-
« mant... Ne vous tourmentez pas : j'obéirai... Il est
« même infiniment probable que j'y mettrai du mien,
« un peu... car si vous ne composiez qu'un fichu ma-
« ladroit, j'en serais bien surprise. Donc, c'est en-
« tendu, ça collera, vous y pouvez compter, à la per-
« fection même... Mais c'est Flora, voyez-vous, mon
« petit, Flora de Sanzambage, la très suggestive et
« très délicieuse, qui tiendra toujours dans mon cœur
« la place souveraine... Et, tout à l'heure, là, dans le
« lit nuptial, sous ce baldaquin tutélaire, vous aurez
« beau faire, beau faire, monsieur Léonard de La Hou-
« pette, pour si troublantes que vos caresses soient,
« votre épiderme fût-il cent fois plus doux, eh bien,

« non, ce n'est pas vous qui aurez, dans mes bras si
« dodus, la quintessence de bonbon, de friandise :
« c'est Flora ! »

« J'espère que je suis gentille, hein ? mademoiselle.

« Le revoici, et, cette fois, en toilette d'alcôve.

« Tu n'imagines pas — c'est impossible, sans la
chose vécue — ce que, nymphe émérite de Lesbos,
on ressent, éprouve, soudain, lorsque le premier
homme, en s'allongeant ainsi auprès de vous, crie la
réalité banale de l'hymen prolifique.

« Ce qui, surtout, en est resté gravé dans ma mémoire, c'est mon embarras, si bien joué, de fine
mouche, car je n'avais pas peur, va, mon ange. Oh !
non.

« Maintenant, Léonard module son cantique. Ne te
fâche pas : il roucoule à ravir...

« A ce moment, chérie, chérie, le poil soyeux, placé
par la nature sous les maritales narines, me lutine,
me chatouille les miennes. Ah ! que c'est amusant !
Je pouffe. Lui me trouve savoureuse, ce qui ne t'apprend rien, je suppose.

« En connaisseur expert, M. de La Houpette daigne
louanger mes cheveux de ténèbres, mon épaule d'al-
bâtre, ce sein de nudité superbe, frémissant comme

une tourterelle qu'on égorge et, dans le grand silence de la nuit, cette voix de mâle éperdu, affolé, qui tremble de joie luxurieuse, cesse de me donner du *vous*, tutoie Yvette à travers des flots innombrables d'encens.

« — Je t'aime... je t'adore... je te veux... ma petite femme de beauté, de magnificence, de splendeur, me susurre M. de La Houpette, qui s'emballe.

« Alors, dame, tu comprends, moi, je lui insinue, en un souffle : « Prends moi toute, toute, mon petit mari... »

« Mais, au préalable, aussitôt, roublarde, j'interroge le type pour savoir ce que, *très exactement*, il attend de sa douce victime...

« Lui, bien entendu, Flora, coupe en plein là-dedans : c'est exquis.

« Et, tout à coup, aïe ! l'opération...

« Ce n'est pas la mer à boire, tant s'en faut. Mais je me rends cette justice d'avoir crié très convenablement. Même, tiens, Yvette criait encore que déjà elle se sentait, surtout, l'adorable sainte-nitouche, pénétrée d'infinie gratitude à l'égard de son robuste époux.

« Le rossignol a chanté quatre fois, quatre...

« Et cependant, chérie, non, non, ce n'était pas ça…

« N'importe, je le confesse, l'amour ordinaire, normal, dans le mariage, c'est fort présentable, en somme, pour ta gouverne, mon ange.

« Tu penses si j'ai maudit le brusque deuil qui t'empêcha d'être pour Mme Léonard de La Houpette la demoiselle d'honneur idéale, rêvée… Mais je t'ordonne, entends-tu, d'abréger le plus possible ton séjour en Touraine, et ce pour deux raisons.

« La première, c'est que voilà vingt jours qu'on ne s'est dit, Flora, des choses suggestives ; la seconde, c'est que je crois bien t'avoir trouvé un parti séduisant.

« Le monsieur, intime ami de Léonard, se nomme Guy de Beaupiquet, prévient non moins en sa faveur, et, très probablement, t'épouserait, ma chérie, pour ton sac, de même que le mien hypnotisa M. de La Houpette.

« En tout cas, c'est un projet à creuser.

« Réfléchis, examine, et si le cœur t'en dit, j'attache le grelot immédiatement.

« Réponds, courrier par courrier, blonde emparadisante, à ta brune fidèle, qui baise, à deux genoux, tes nichons potelés.   Yvette. »

Alors, du tac au tac :

« Petite masque de mes joies,

« Je me suis tordue.

« Je te reconnais là, mon cœur...

« Tu écris avec tant d'humour délicieuse, que je ne me sens plus la force, le courage, de jalouser le triomphant M. de La Houpette.

« Tu épistoles, ma beauté, avec un charme inexprimable. La culture de ton intellect me plonge toujours dans le ravissement, et c'est tout naturel : tu possèdes si bien ta langue !

« Confier au papier, pour que Flora se roule, de ces jolis, jolis, jolis détails, que c'est aimable à toi, mon Yvette adorée !

« Comment ! le rossignol dis-tu, a chanté *quatre* fois ?... Mazette ! C'est donc un fort ténor que monsieur ton époux ?

« Si j'osais, je te chargerais pour lui, ma Vénus, de mes sincères compliments.

« Tu vois, je me résigne à te savoir en puissance de mâle, et c'est, indubitablement, ce que j'ai de mieux à faire, dès lors que M. de La Houpette, le gaillard, se ramifie avec cette maîtrise aux étalons des haras nationaux. Ne me dorez donc point la pilule de l'hyménée, Yvette, ma mie...

« La « quintessence » de bonbon, de friandise, pour me servir de ton excellent terme, va désormais me passer sous le nez, car si ton agréable mari n'avait pas fait toutes ses classes, j'en éprouverais, ma brune capiteuse, quelque stupéfaction. Ce lapin mirifiquement chaud doit savoir, si je ne m'abuse, joindre à la vigueur la souplesse et la variété.

« J'ajoute que M. Léonard de La Houpette — permets-moi cette périphrase — t'aura constamment à portée de la main, et juge du préjudice qu'il me cause... Triste, triste !

« Mais non, il ne me déplairait point, je t'assure, de m'appeler Mme Guy de Beaupiquet... Cependant, que ce prétendant hypothétique professe l'énergie, en temps voulu, au même titre que ton Léonard, ce serait trop de veine, nom d'un chien !

« N'importe, tu as carte blanche.

« Ma rentrée à Paris ne s'effectuera point avant un mois, hélas ! Alors, j'accourrai...

« Je bois ton haleine, Yvette, comme de l'ambroisie.

« Flora. »

Sans commentaires, si vous n'y voyez aucun inconvénient....

VI

OU LE LECTEUR, SOULAGÉ, CONSTATERA QUE LES TRANS-
PORTS LÉGITIMES D'YVETTE ONT FAIT, Ô MIRACLE!
TROUVER A LÉONARD SON CHEMIN DE DAMAS.

C'était quelques jours après la noce.

De Beaupiquet, sur le boulevard, dans la portion comprise entre la rue Drouot et l'Opéra, fit la rencontre de l'ami bienheureux, et ce fut aussitôt l'échange intéressant des paroles suivantes :

— Veux-tu que je te dise, cher vieux, une chose pour moi génératrice d'étonnement profond ?

— Je n'y vois pas le moindre obstacle. Accouche, Guy.

— Tu me fais de la peine.

— Moi ?

— Toi-même, mon bon.

— Alors, dans ce cas, l'étonnement est pour moi seul, ô Guy de Beaupiquet ! Tâche de regarder avec une attention quelque peu soutenue le jeune époux idéal que je suis, et persuade-toi que, s'il t'inspire un sentiment de peine, c'est bien sans le vouloir le moins du monde.

— Tais-toi donc, Léonard. Plus je te regarde et te scrute, plus je m'afflige.

— Tu m'embêtes....

— Je m'afflige parce que je constate, au sérieux examen de ton physique ensorceleur, que, marié, tu es en proie, de même que naguère, garçon, à un mal aux cheveux incontestable... Oh! ne proteste pas, car la superfluité de ton geste hypocrite ne s'égale vraiment qu'à ma stupéfaction.

— Flûte !

— Raille, soit, mais écoute... C'est ridicule, c'est grotesque, c'est contraire à tous les usages en honneur dans la caste choisie à laquelle tu appartiens...

— Quoi? animal. Qu'est-ce qui est grotesque, ridicule, contraire à tous les usages?...

— De rapporter, monsieur de La Houpette, des nuitées conjugales, ce facies vanné et cet air abruti.

— Ah ! mais, à la fin...

— Tu la trouves sévère ?... Léonard, une question : que fais-tu avec ta femme?

Une poule qui, soudain, s'apercevrait qu'elle couve

des canetons, ne glisserait sûrement pas à une surprise plus intense que celle du sémillant M. de La
Houpette ainsi interrogé.

Durant quelques secondes, il roula des prunelles
farouches, quasi hagardes, se pinça jusqu'au sang,
pour être bien certain d'être éveillé, puis se décida à
répondre :

— Ce que je fais avec ma femme ? Je l'occupe, im-
bécile.

— Oui, et tu t'esquintes le tempérament, par la
même occasion. Prends garde, cher vieux...

Léonard haussa les épaules, cligna de l'œil, et eut
ensuite un claquement de langue qui valait, à lui
tout seul, comme éloquence, les meilleurs discours de
Cicéron.

Mais ce n'était point assez. De La Houpette, alors,
laissant errer à sa lèvre un sourire indéfinissable,
gazouilla :

— Yvette, mon bon, est un ange, un ange...

Mordu au cœur par le serpent mondial de l'Envie,
tourmenté du désir criminel que l'on sait, de Beaupiquet sentait une inquiétude vague, mais réelle,
monter dans son être pervers.

Ah ! ça, est-ce que le « cher vieux » allait se mettre

à aimer son Yvette ?... Ce serait du joli, par exemple, quand lui, Guy, pour donner une chasse active au gibier réservé, n'attendait que le prompt retour de Léonard à quelque jupon fascinateur de ribaude notoire !

Esprit avisé, pénétrant et subtil — intuitif, même, d'aventure — de Beaupiquet, l'infâme, s'avouait que, à l'imprévue tournure que les choses prenaient, une tuile de calibre pouvait fort bien lui choir sur l'occiput.

Anxieux, il sonda, sans avoir l'air d'y toucher, ce cher de La Houpette.

— Voyons, en trois fois vingt-quatre heures, tu ne serais pas cependant devenu serin, toi, le beau, le reluisant, l'irrésistible Léonard, au point de te coiffer de Madame ?... Si désormais ton unique ambition, c'était d'entendre dire autour de ta séduisante personne : « Voilà le modèle des époux ! », il faudrait m'avertir, tu conçois.

— A cause ?...

— A cause, Léonard, ami si tendrement chéri, que, après m'en être gondolé à l'instar d'une petite folle, je m'en irais, d'un pas alerte et guilleret, répandre la nouvelle dans les cythéréens boudoirs qui t'avaient

sacré dieu, et où elle aurait, j'ose croire, un appréciable succès d'hilarité.

— Vraiment ?

— Sûr. Ce serait à mourir de rire... Non, mais,
entre nous, cher vieux, te vois-tu, tel Hercule aux
pieds d'Omphale, filant le très parfait amour, attaché
par la patte comme une bonne tourte, avec ta légitime exténuante ?... A propos, je t'annonce qu'Esther
Peau-de-Satin commence, infortunée minette, à sen-
tir les tenailles cruelles du doute et de l'angoisse lui
torturer le cœur. Elle s'est épanchée dans mon sein,
la douloureuse créature... J'ai vu ses pleurs amers
couler à flots de ses magiques yeux.

— Pas possible !

— On ne peut plus méticuleusement exact, au contraire. Ah ! c'est ça qui s'appelle un béguin d'enver-
gure, de taille, aux fines herbes, en un mot... Heureusement, par la grâce de Cupidon, toi, Léonard,
tu réponds, sans faiblesse toujours à cette vive
flamme, c'est-à-dire que, fidèle observateur des accords établis, malgré tout, mon gros, tu gardes pour
maîtresse Esther Peau-de-Satin. Ah ! ce que je t'ap-
prouve !...

Sans broncher, l'autre sortit son étui à cigares,

mil sous le nez de l'interlocuteur un régalia probablement exquis, dont l'offrande fut acceptée d'emblée,
se servit à son tour, et, tranquille comme Baptiste :

— Alors, Guy, je vais t'en boucher un coin inénar-
rable, car Esther, je la plaque.

C'était la tuile redoutée, en train d'effectuer son
consternant trajet avec la promptitude bien connue
de la foudre.

Saisi, baba, de Beaupiquet, d'abord, se trouva im-
puissant à émettre l'ombre même, hélas! du plus
léger son vocal, et quand il recouvra la parole, ce
fut pour proférer, sauf le respect dû au « cher vieux »
un de ces : « M... alors ! » qui prennent naissance,
d'aventure, au plus profond de l'être, en ses replis
suprêmement cachés.

Incommensurable toujours de placidité sans seconde, Léonard appuya :

— Présentement, je me fous, tu sauras, d'Esther
Peau-de-Satin à un point tel, mon bon, que l'estimer
indicible, intraduisible, c'est encore trop peu. Juge,
très cher. Je liquide. J'adore ma femme ; donc, je
rentre à jamais dans le devoir. Admirable, n'est-il
pas vrai ?

— Non ; idiot ! riposta vigoureusement de Beaupiquet, car ce manifeste prodige s'opérait au flagrant préjudice de ses ignominieuses convoitises.

Mais la Sagesse des Nations nous apprend que le bonheur rend magnanimes les hommes, et le mari d'Yvette répliqua:

— Mettons, si tu y tiens, que c'est idiot; mais l'âme sœur, Guy méphistophélique, a réalisé le miracle touchant. Je me sens fait pour la vie de famille, les pures ivresses du foyer, les voluptés bénies et sans remords. Mme Léonard de La Houpette m'a ouvert, la divine, les yeux sur l'indignité des faciles luxures où se vautrait ma chair jeune et fougueuse, pour les profanations d'une sève abondante et sacrée.

— Comme tu prêches bien, cher vieux, gouailla le copain qui riait jaune.

— Je prêche surtout d'exemple, ami aux vains sarcasmes. Je lâche Esther. Cette Eve impudique, démente de son corps, va recevoir son paquet, avec prière instante et absolue de se tenir tranquille, de me fiche la paix immédiatement. Nos conventions étaient immorales, je les brise. Voilà.

— Mais les suites?

— Quelles suites?

— Celles qu'Esther, qui, pour la jalousie, rappelle

les tigresses du Bengale, s'arrangera pour donner; comptes-y, à cet événement inopiné ?

— Ça, c'est bien le cadet de mes soucis. J'envoie l'hétaïre s'asseoir ou, plus exactement, coucher ailleurs, ce qui lui sera la simplicité même. Le reste, Guy, je m'en bats le monocle.

— Faute grave.

— Tais-toi donc.

— Du tout. Je ne me tairai point. Esther te jouera, dans un laps plutôt bref, quelque pendable tour de chipie furibonde.

Tout à coup, Léonard sursauta.

Une inspiration merveilleusement opportune arrivait, par de rapides voies, au bienheureux époux d'Yvette.

Il se pencha vers Guy de Beaupiquet, lui prit les mains avec enthousiasme, insinua :

— Débarrasse-m'en. Fais ça pour ton copain fidèle... Je t'assure que dans l'intimité la demoiselle Esther Peau-de-Satin déploie des talents ineffables...

— Et je t'affirme, moi, que tu n'as pas précisément ce qu'on est convenu de dénommer la trouille !

— Tu refuses ?

— Tout net, ô vertueux mortel !

— Serait-il indiscret de demander pourquoi?...

Evidemment, Guy n'allait pas répondre : « Parce qu'Esther, mon vieux, assoiffée de vengeance, m'aidera, je présume, avec béatitude, à te faire cocu ! ». Mais, maintenant qu'il s'était ressaisi, plus que jamais affriandé par Mme de La Houpette, ce fantaisiste ingénieux du vice élégant et doré inclinait, ainsi qu'on le va voir, au plus cynique persiflage.

— Ecoute, Léonard. Je fus toujours, j'en appelle à tes souvenirs, l'obligeance en personne...

— C'est exact.

— Au fait, lorsque j'y réfléchis, recevoir de tes loyales mains cette blonde sirène n'aurait rien que de très naturel, et, en d'autres temps, certes, je me fusse gardé de toute hésitation. Par malheur, Léonard...

— Par malheur?

— Je guigne une particulière dont je me suis juré, sur le blason de mes nobles ancêtres, de mettre en danse, vivement, l'élastique sommier.

— Eh bien, je te colloque Esther qui te fera, mon vieux, prendre patience dans les conditions les plus exceptionnelles...

— Et Vénus tout entière à sa proie attachée, m'ab-

sorbera, me détournera de l'autre paroissienne? Non,
pas de ça, Lisette, Sans compter que des Circés
comme Peau-de-Satin lèvent leur cuisse aimable-
ment charnue dès qu'on les y engage, tandis que
cette petite femme mariée, tu comprends?...

— Ah! c'est une gazelle en puissance d'époux?

— Tu l'as dit, Léonard.

— Gironde?

— Ah! Seigneur. Quelle question! Me demander
si la dame est gironde! Sûr, camerluche, qu'elle
l'est... Je cherche un terme de comparaison et je
crois bien l'avoir trouvé.

— Yvette, je parie?

— Juste.

— Bigre!

— Penses-tu?

— Je connais le mari?...

— Halte-là!... Je n'irai pas plus loin, évidemment,
puisque l'honneur d'une femme est en jeu.

— Guy, tu en as de bonnes, vertuchoux!

— Je te le cède volontiers, Léonard.

— Encore un mot, très cher, sur ce plaisant chapitre?

— Si tu veux. Parle.

— Nourris-tu le radieux espoir de pousser ta pointe incomparablement ?

— Je le nourris, cher vieux, au biberon de la ténacité.

— Mais il y aura du tirage, peut-être ?...

— Ça dépendra, mon gros.

Guy, imperturbable, quoique amusé très fort, s'octroya le luxe d'ajouter qu'il tiendrait Léonard au courant, que, « lorsque la gazelle aurait effectué l'adultère culbute, de La Houpette en serait avisé », à quoi il fut aussitôt répondu :

— J'apprendrai, par affection pour toi, la chose avec plaisir... Sans connaître l'objet de ta flamme coupable, je fais des vœux, cher Guy, des vœux parfaitement sincères...

— Je les accepte, osa l'autre, grand comme l'univers.

— Moi, je te quitte.

— Mes hommages à ta femme, Léonard.

— Sois tranquille.

— A madame du Collè-Monthey, la belle-mère...

— Elle en sera ravie. Elle te gobe.

— Enchanté de l'honneur.

— A propos, va voir, à son jour, Mme du Collè-

Monthey, ainsi que tu le lui promis. Elle ne jure plus que par toi, belle-maman. C'est extraordinaire, Guy....

— En effet. Que de bonté !

— Allons, au revoir, cher...

— Et sans rancune, hein ? Léonard.

— Sans rancune ? Pourquoi ?...

— A propos de l'ancienne, tiens.

— Oh ! l'incident est clos. Celle-là, je vais, d'un pas allègre et réjoui, lui régler son compte à l'instant même... Au revoir, Guy.

— Porte-toi bien, cher vieux.

VII

UN LACHAGE QUI PROMET DES SUITES GRAVES,
QUOIQUE MYSTÉRIEUSES ENCORE

Mlle Esther Peau-de-Satin, en un déshabillé seyant, livrait à Zoé, la cameriste, sa chevelure d'or, quand on lui remit une « babillarde », comme disait cette Phryné sans pose, qui avait eu Montmartre pour berceau et lui faisait honneur... à sa manière.

Le sang de la minette ne fit qu'un tour, et ce fut comme si Esther eût reçu, porté d'une main frénétique, un coup de marteau de forgeron (Voilà, par parenthèse, une phrase qui peint joliment bien la pensée de l'auteur !)

Pan !

Quelle émotion !

La dégrafée reconnaissait sur l'enveloppe l'écriture chérie de Léonard, muet comme une carpe depuis quatre à cinq jours, et dont la totale invisibilité, à partir de son doux *conjungo*, avait été, pour le béguin formidable d'Esther, d'un si funeste augure.

Notre sympathique gourgandine tourna, retourna, entre ses doigts mignons et fuselés, la sensationnelle missive, et, dans son trouble complexe, hésitant à l'ouvrir, se demanda, avec anxiété, ce que renfermait ce pli brusque en ses flancs de mystère.

Il s'en suivit la songerie dont on se doute.

Esther Peau-de-Satin pesa, jaugea le pour comme le contre, mit, d'un côté, dans la balance, le long passé de délices impures que lui devait le sieur de La Houpette, puis, de l'autre, les obligations si prenantes, étroites, absolues, impérieuses, inhérentes à la fonction de tout nouveau marié, et, mon Dieu, finalement, rassérénée, la gonzesse en vint à se bercer du plus magique espoir.

Sa conclusion fut celle-ci :

— Le raton, là-dedans, me gazouille, à genoux, des excuses profondes... Minet de mes extases, va.

Ainsi soliloquait cette Fleur-de-Péché, quand, délibérément, illuminée de passionnelle joie, elle brisa le pli, de sorte que, à la même minute, Esther Peau-de-Satin, prenant quelque chose pour son rhume, put, hélas ! en toute liberté, mesurer, d'un farouche regard, la considérable étendue de l'illusion qui s'était fichue d'elle.

— Chameau ! vociféra la caillette déçue.

M. Léonard de La Houpette n'en avait pas mis long, mais s'était appliqué, visiblement, à ce que la clarté de son style rivalisât sans peine avec celle de l'eau de roche.

Impossible d'aligner des phrases plus limpides et, parallèlement, marquées au profit de la destinataire, d'un ironisme invitant mieux à la méditation.

Léonard écrivait :

« Blonde fille de joie,

« J'ai fait réflexion : c'est fini, n-i-ni, fi-ni !

« Assez favorisé des dieux pour avoir secoué le joug avilissant des fangeuses amours, je t'en donne, loyalement, ici, avis conforme.

« J'avais d'abord songé à glisser dans ma lettre quelques-unes de ces jolies images de la Banque de France, infiniment plus douces à palper que celles d'Epinal. Mais, tout bien examiné, considéré, j'y renonce, ayant à cet égard deux raisons péremptoires :

la première, c'est qu'il me répugne de mêler la question de « galette » à la résurrection inespérée des vertueux sentiments qui me purifient, régénèrent ; la seconde, c'est que, par voie de conséquence, je ne puis plus, évidemment, ô pècheresse ! encourager, sous forme de subside, la débauche et le vice.

« Je ne vois aucun obstable cependant à me fendre d'un conseil ou, si tu préfères, d'une généreuse exhortation, autrement utile, en l'espèce, va, Esther, que l'argent, trop vil et dégradé métal.

« Je te plaque, ça, c'est l'essentiel. Mais je te crie : « Eve tombée, relève-toi, refais-toi une virginité, en un quelconque et pieux monastère, par les sublimes pleurs du repentir ! »

« Même sourde à ma voix (car il faut tout prévoir) tu apprécieras, sûrement, la noble intention qui m'aura, de la sorte, guidé, et je t'adresse, sous ce pli, avec l'expression émue de ma reconnaissance, mon éternel adieu.

« LÉONARD ».

— Chameau ! revociféra Esther Peau-de-Satin, et ce fut, dès lors, un torrent d'invectives.

Délicatement conviée à se « refaire une virginité »,

— ce qui, en effet, constituait une attention aimable — cette grue visitée par l'épreuve, d'instinct, recullait, c'est probable, devant l'énormité d'une pareille tâche, trouvant, non sans raison, beaucoup moins malaisé d'agonir Léonard d'innomables outrages.

Les antiques Furies, nées, s'il en faut croire Eschyle, de l'Achéron et de la Nuit, divinités infernales, vengeresses des crimes, attachées à la poursuite des coupables, eussent pâli, mais oui, devant Peau-de-Satin, et les imprécations de Camille, dans *Horace*, n'étaient plus, ô rage ! ô désespoir ! que gnognotte évidente, comparées au rosaire instructif qu'égrenait la trouspétarinette.

Fâcheuse inspiration, vraiment, qu'avait eue là le juponnier contrit, le jeune époux si bien à son affaire, d'aggraver le lâchage d'Esther de cette raillerie transcendante et marquée.

— Sale mufle ! hurla pour la vingtième fois, cette Ménade distinguée, cossue, au peignoir aguichant, pourri de chic professionnel.

A ce moment, la camériste, en dépit des distances, des inégalités sociales, crut pouvoir se permettre une insinuation, et, compatissante (mais avec une nuance de respect qu'on saisira de suite), alors, Zoé :

— On dirait que Madame est en rogne ?

Mais, où « Madame » n'entendit pas ou cette marque spontanée d'évidente sympathie lui parut s'élancer d'une trop humble sphère pour être accueillie avec faveur.

— Crapule ! Infect personnage ! Ignoble individu ! Maquereau !... Ah ! si tu te figures, mon petit, que ça va se passer comme ça !...

Elle écumait, la nymphe abandonnée.

Certes, cette fieffée pratique de Guy de Beaupiquet, en murmurant à Léonard : « Prends garde, cher vieux », n'avait pas précisément versé dans l'outrance et l'exagération.

— Graine de cocu ! reprit, avec un geste à l'avenant, l'infortunée Esther Peau-de-Satin, qui se croyait de plus en plus, la pauvre, le docile jouet d'un affreux cauchemar.

Mais Zoé revenait à la charge, sentenciant, bonne et sensible nature :

— Madame se chavire le système et se rendra malade... J'ose affirmer à Madame que c'est un tort. Les hommes sont tous des saligauds. Voilà mon opinion.

Or, il n'y avait qu'à voir cette désinvolte cham-

brière, avec son nez fripon de soubrette classique,
où il pleuvait dedans, ses yeux canailles et bistrés,
au beurre noir, et ses balancements de croupe, pour
se convaincre sans retard que cette opinion de Zoé,
quant au sexe barbu, reposait sur l'expérience d'icelui.

Tout à coup, la maîtresse — ah ! quel trait de lumière ! quelle idée géniale ! — se frappa vivement
le front, et, tel Archimède, jadis, trouvant la loi de
la pesanteur spécifique des corps, Esther Peau-de-
Satin, dans un ricanement féroce ; s'exclama :

— Chouette ! *Eurêka !*

Puis, toute frémissante, quasi tragique .

— Zoé !

— Madame !

— Vous allez me rendre un service...

— Volontiers.

— Bon !

— Quel service ?

— Coucher avec Jonas.

— Jonas ? le larbin de M. de La Houpette ?.

— Lui-même.

— Permettez, madame...

— Je ne permets rien, mais je double vos gages,
pour commencer.

— C'est différent.

— Et plus tard, en temps voulu, il y aura une gratification rondelette, ma fille.

— Je marche. Seulement...

— Seulement ?

— Madame aura la bonté de comprendre une chose...

— Laquelle ?

— D'abord, quand faudrait-il coucher avec Jonas ?

— Le plus tôt possible, incessamment.

— Je m'en doutais... Eh bien, Madame me fera l'honneur d'admettre que Jonas n'est pas beau, que j'ai repoussé jusqu'ici son boniment, et que je ne saurais me jeter à sa tête comme un confetti, un soir de Mardi-Gras... On n'est pas beaucoup plus qu'une boniche, mais on a son petit amour-propre.

— Avez-vous fini de faire du chichi ?

— Madame daignera m'écouter jusqu'au bout... Du moment que Madame me paraît y tenir, Jonas aura du bon nanan... Mais je demande, pour le principe, à résister encore...

— Combien de temps ?

— Dame, peut-être deux jours, peut-être trois...

— Je vous en accorde quinze.

— A merveille. Dans ces conditions-là, je garantis un allumage épatamment d'attaque, et pour ce qui est, ensuite, d'éteindre le Jonas, au fur et à mesure de nos réciproques besoins, Madame peut s'en rapporter à moi.

— C'est bien. Finissez de me coiffer, ma fille, maintenant.

Et, subitement calmée, en train de se remémorer certaine confidence érotique de Guy de Beaupiquet, touchant Mme de La Houpette, alors, Esther Peau-de-Satin, qui venait, avec volupté, d'ourdir la trame vengeresse, eut derechef un sourire capable de donner, sur le champ, la chair de poule à une tribu de Canaques.

VIII

OU IL EST QUESTION DE LA LUNE DE MIEL DU RAVISSANT
COUPLE DE LA HOUPETTE ET DES EXTRA-CONJUGALES
FANTAISIES D'ALCOVE DE LA TRÈS HONNESTE DAME.

En attendant, coq en pâte inouï, mortel prodigieux, fantastique, de veine, Léonard se la coulait douce inégalablement.

Pénétrée comme pas une de ses tendres devoirs de jeune épouse, Yvette, une fois au dodo, était bien la docilité en personne, composait, au regard du mari, l'obéissance même.

Mais, parfois, quand les péripéties de la lutte amoureuse avaient le plus d'indescriptible ardeur, soudain, quelle envie de pouffer chez l'*amie* de Flora de Sanzambage.

Quel amusant sujet d'étude, n'est-ce pas, pour l'adorable Yvette, que cet époux, si valeureux, certes, solide au poste, mais qui, après avoir nocé calamiteusement, se montait, par surcroît, le bobêchon à ce point remarquable de voir, en sa petite femme transportée, un instrument de joie qui l'avait attendu pour vibrer, lui, Léonard de La Houpette?

Si les nobles fêtards conduits au mariage par la nécessité de redorer le blason ancestral prenaient le change avec cette simplesse, eh bien, quelles bourdes, à l'occasion, n'avalaient pas les autres, les jeunes gens rangés, de tout repos, qui avaient commandé à leur érotique fringale?

Et, d'aventure, en pleine pâmoison, s'abîmant de plaisir sensuel, Yvette, la divine, de songer : « Allons, la preuve est faite : les plus malins de ces « messieurs, décidément, sont trop bêtes pour nous!»

Hein? que pensez-vous du numéro sur lequel était ainsi tombé le confiant M. de La Houpette?

Comme une infinité d'autres à sa place, lui, ce qu'il voyait, c'est que l'âme sœur avait élu domicile dans un corps savoureux, dont l'humble soumission flattait sa vanité de mâle, et que, saperlipopette! il ne s'embêtait pas. Fichtre non!

Les entr'actes, soit dit pour la gouverne du lecteur, vous avaient eux-mêmes, un de ces cachets...

Exemple :

— C'est joliment bon, l'amour, je prétends, madame de La Houpette ?...

— Oh ! tais-toi, Léonard...

— Que je me taise, ma reine ? Pourquoi ça ?

— Parce que vous oubliez bien trop, petit mari chéri, que vous m'avez prise, moi, Yvette, ignorante de tout, absolument de tout...

— Mon ange !...

— Tu as toujours le mot qui rend confuse et embarrasse, gêne...

— La chose, évidemment, te gêne beaucoup moins... Mais le fait est, mon cœur, que, jadis, aux Oiseaux, du diable si tu soupçonnais ce que le sort te réservait ?

— Sûr.

— Tu pouvais te vanter d'être innocente, toi, Yvette...

— Et heureuse de l'être ! Oh ! oui.

— Quelle couche !

— Plaît-il ?...

— J'articule, ma douce : « Quelle couche ! »

— Libertin, va... Je sens que je rougis...

— En effet. J'adore ça, moi, pharamineuse Yvette, que tu rougisses en cette pose-là, de mollesse infinie...

Un temps. Bécots voluptueux, lascifs et prolongés.
Puis, Mme Léonard de La Houpette :

— Vous me rendrez, monsieur, j'espère, une justice ?

— Laquelle, ma beauté ?

— C'est que j'ai suivi à la lettre les instructions particulières de maman.

— Certes, bijou. A propos, Yvette ?...

— Quoi donc, Léonard ?...

— Que lui as-tu raconté à maman ?

— Moi ?

— Evidemment.

— A quel sujet ?

— Cette question ! Mais, au sujet de... de l'histoire, de nos premiers ébats si vifs et animés, dans l'alcôve propice, bénie du Tout-Puissant.

— Dame !...

— Ce n'est pas une réponse, ça, Yvette... Voyons, tu as dû livrer tes impressions à la noble femme qui t'a donné le jour et dont je suis le gendre bienheureux.

— Parfaitement, chéri.

— Alors ?...

— Alors, monsieur de La Houpette, vous êtes trop, beaucoup trop curieux. Voilà.

— Par exemple !... Oh ! cette gorge de lait, sculpturale, et qui ondule délicieusement, menace-t-elle, Yvette, assez bien le plafond ?... Ah ! cette hanche pleine, d'un relief étonnant, sapristi !

— Vous êtes un goulu, petit mari dont Madame raffole.

— Trésor !.... Eh bien, déesse, qu'as-tu raconté à maman ?...

— Encore ?

— Mais oui.

— Quelle insistance !

— Réponds, Yvette succulente. J'y tiens.

— Je ne le dirai pas, Monsieur...

— Oh ! oh !

— ...Vous n'êtes point assez modeste, non, et je préfère que vous le deviniez... monstre charmant.

— Je saisis.

— Et je m'en rends bien compte, moi, gros loup.

— Cette croupe est un enchantement.

— Flatteur !

— Un poème.

— Léonard ?

— Yvette ?

— A combien d'autres avant moi avez-vous brûlé

ce graveleux encens ? Dites, monsieur, pour voir...
Quelle vie scandaleuse vous avez dû mener, vous,
avec des créatures, des espèces !... Je ne saurais y
songer sans frémir...

— En effet, madame : Ces postérieuses formes, si
neigeuses, amples, rebondies, sont en train de frémir
fort agréablement..

— ?

— Exquis.

— ??

— Suave.

— ???

— Idéal.

— Gourmand !

— Je m'en accuse.

— Oui, pour mieux continuer... Amour de pelo-
teur, va... Tiens, une idée !

— Elle doit être bonne. Communique-la moi, Yvette.

— De suite. Ta dernière maîtresse ?...

— Eh bien ?...

— Comment s'appelait-elle, dis, mon chou ?...

A ces mots, légitime sursaut de Léonard, qui, du
coup, suspend la balade de sa dextre exercée en
des parages inouïs de saveur.

Monsieur croit néanmoins avoir mal entendu. Mais Madame le fixe immédiatement .

— Le nom de ta toute dernière, scélérat?

— Tu n'es pas folle ?...

— Non. Simple fantaisie de ma part.

— Que je me refuse à contenter... J'ai beaucoup mieux à faire pour l'instant.

— L'un n'empêche pas l'autre, Léonard, mon petit Léonard...

— Ce serait insensé.

— Mais combien amusant pour votre Yvette si mignonne !

— Turlututu !

— Mon tendre seigneur, je vous en prie... Le nom, le nom de cette courtisane?

— Enfin, puisque ça t'intéresse... Esther...

— Ah !

— Esther Peau-de-Satin. Là. Es-tu satisfaite ?... Parlons d'autre chose à présent.

— Du tout.

— Si.

— Non. Sais-tu à quoi je pense, mon chéri?

— Sur le même sujet scabreux et déplorable ?

— Le même. Je pense que tes orgies avec cette

fille de boue constituaient, pour sûr, des abomina-
tions, des horreurs, des saturnales...

— Il ne faut rien exagérer, poupoule...

— Plus souvent. Ah, monsieur Léonard de La
Houpette, c'est votre maîtresse Esther Peau-de-Satin
qui devait en avoir du montant, de la « mousse »,
comme vous dites, quand je suis, moi, votre petite
femme, gentille, bien gentille?...

Ici, involontaire claquement de langue de l'époux,
qui, néanmoins, ne flaire point le piège que la fine
mouche lui tend.

Et celle-ci de reprendre aussitôt :

— *Parbleu!* épatante, c'est évident, Esther Peau-
de-Satin... Dis donc, Léonard, tu vas me faire encore un plaisir, j'imagine...

— Mais je ne demande que ça, mon Yvette adorée...

— En effet, et je m'en aperçois... Mais procédons
par ordre, s'il te plaît? Ecoute, mon amour. Puisque
la croqueuse de pommes avait tant de chien que cela.
il s'en suit une chose très simple.

— Laquelle ?

— J'y arrive. Tu es mon petit mari, n'est-ce pas?

— Et je te le prouve.

— Oh ! surabondamment... Et tu ne dois avoir rien de caché pour moi ?

— Ah ! mais, minute.

— Ta, ta, ta, ta !

— Un instant, Yvette...

— Il me faut des détails...

— Des détails ? Concernant quoi, mon ange ?

— Les tête-à-tête de naguère avec Peau-de-Satin... Narre, chéri.

Effarement de Léonard, qui reste sans parole, bouche bée, puis, avec une énergie profonde, finit par répliquer :

— Ça, non, non. Impossible.

— Ouais ! Je veux, moi, Léonard.

— Je refuse... Tu ris ?

— Parfaitement. Je ris, car, sans me vanter, vous voilà, ô mon très cher monsieur de La Houpette, en un de ces moments où me refuser quelque chose ne vous est pas précisément commode...

— Mais réfléchis, mon astre. Yvette, si tu n'étais pas venue au mariage, toute fleurie d'ingénuité céleste, avec une âme d'immaculée blancheur, je jurerais que tu as la berlue. Comprends donc, ma beauté radieuse, qu'entre l'amour conjugal et béni, dans l'hyménée sacré, et les débordements des sens dans les liaisons faciles, vénales, immorales, il y a un abîme...

— Un abîme ? dis-tu ?

— Et ce n'est point assez.

— Vraiment ?...

— Je t'assure, Yvette.

— Soit, je veux bien te croire.

— Sans doute les passions de ce genre, mauvaises, funestes, condamnables, ont leurs raffinements à elles, incontestés, savants et adéquats.

— Tiens, tiens...

— Oui. Mais ces trucs-là, mon cœur, mon Yvette sans prix, c'est bon pour les cocottes.

— Ah ! J'ignorais. J'ignorais...

Un silence.

Puis, brusquement :

— Léonard ?

— Yvette ?

— Ma foi, tant pis. Je t'aime trop... Prends-moi pour une cocotte...

Et le de La Houpette, estomaqué, peut-être, non sans raison, mais ravi, pareillement, qui s'exécute :

— Faut-il qu'elle m'adore, la chérie !...

IX

COMMENT LE JEUNE GUY DE BEAUPIQUET, EN COURONNANT LA FLAMME DE NOBLE DAME AGATHE DU COLLÈ-MONTHEY, POSA UN JALON SÉRIEUX.

Le bonheur légitime des époux, ainsi panaché de perverses ivresses, durait depuis quelques semaines, et Léonard trouvait à l'existence un charme superlatif.

Naturellement, aussi, dans l'intervalle, Jonas et Zoé s'étaient aimés, ce qui n'avait pas dû manquer, selon toute apparence, d'une certaine poésie... à rebours.

Qu'on se garde pourtant d'afficher trop de profond dédain pour ces larbins vulgaires, car, du fait spécial d'avoir couché ensemble, au gré de la vindicative et implacable Esther, allaient sortir hélas ! d'affreux événements.

— La poire est mûre, ricanait, sinistre, la nymphe de Cythère.

Ce misérable de Guy de Beaupiquet en savait long sur le chapitre, et convoitant — le Judas — la femme du « cher vieux », se disait, dans un calme odieux :

— Laissons, maintenant, pisser le mérinos. Avant huit jours, Léonard est cocu !

Et lui, de La Houpette, lui, excellent jobard, qui ouvrait tout grand son foyer de vertu, sans reproche, fondé dans le devoir, l'honneur, à ce perfide ami ! Bien sûr, la coupole des Invalides, augmentée des tours de Notre-Dame, devait en pleurer comme un gosse de quatre mois.

Guy, naturellement, avait recherché, à sa manière ce spectacle de la félicité de Léonard, mais, vieux routier des coupables amours, choisi, de préférence, les propices instants où était seule Yvette.

Pas de danger, d'ailleurs, qu'il découvrît en plein, le bougre, ses batteries trop prématurément.

Il employait le vieux système, qui demeure le bon à travers les âges successifs, celui de voir venir, de sonder le terrain, de chanter les pompeuses louanges du chef de la communauté, non sans, bien entendu, parfois, débiner cet éventuel Ménélas d'une phrase rapide, incisive et traîtresse.

C'est ainsi que, certain jour, Guy avait trouvé la formule suivante :

— Léonard, madame, possède un noble cœur. Il a des qualités de premier ordre, des vertus, même, j'ose dire... Malheureusement, il a la chair faible... Ouvrez l'œil.

Et l'aimable fripouille avait cligné du sien.

On pense si la très délicieuse Yvette, qui savait si bien où le diable fait feu, avait, à sa valeur, vite jugé ce luron de calibre, autre belle âme indiscutable.

La gaillarde n'avait pas soufflé mot, mais évidemment songé : « A la bonne heure ! En voilà un qui « est dans le bateau, qui ne perd pas de temps pour « poser sa candidature ! Il m'amuse, moi, ce frelu-« quet, ami de tout repos de Léonard. Non, mais est-« il assez rosse !... Certes, je ne saurais me rendre « ridicule et j'aurai des amants, comme le comporte « l'usage, la tradition, chez toute jolie femme vrai-« ment intelligente. Mon Dieu, il me paraît gentil, « monsieur de Beaupiquet. Oui. Par malheur, outre « qu'il est un peu pressé, ma foi, je le destine à ma « chère Flora dont immine le retour à Paris... Mme « de La Houpette, en conséquence, probablement,

« ne sera pas pour votre joli bec, doux sacripant de
« Guy. »

Yvette avait raisonné de la sorte, mais, la chose
coule de source, on eût stupéfait le galant visiteur
en lui glissant :

« Mon petit, tu cours à un échec, tu reviendras
bredouille de ton expédition. »

Tel César s'adressant au Sénat romain, de Beaupiquet déclarait volontiers : « *Veni, vidi, vici* », et,
du moment qu'Yvette composait à ses yeux cet idéal
gibier, celui-ci, tôt ou tard, n'aurait plus qu'à se
laisser croquer, mieux même, viendrait s'offrir au
coup de fourchette amoureux.

Dans ce but, les dispositions du tendre chenapan
étaient remarquables de cynisme éhonté.

Il serait excessif d'affirmer, on s'en doute, que Guy
tenait la noble et copieuse dame Agathe pour une
aubaine entre toutes choisie.

Les avantages plus que mûrs, mais pourtant, ô aimable prodige ! restés fermes, de cette incandescente
veuve, ne troublaient certes point, d'un mirage te-
nace, les digestions de l'émérite rôtisseur de balais.

Mais ce « rigolo », ainsi qu'Agathe l'appelait elle-
même, avec non moins d'élévation que de justesse,

avait, dans son dévergondage distingué, une jugeotte on ne peut plus lucide, clairvoyante, subtile.

Pour Guy de Beaupiquet — comme le fait sera prouvé ailleurs — une étroite corrélation existait entre la concession généreuse à marquer aux charnels appétits prolongés de la mère et la très folichonne culbute à voir la fille effectuer.

Il n'était point, par surcroît, de ces boucs difficiles pour lesquels, invariablement, la qualité l'emporte sur la quantité, si bien que, même débarrassée des contingences, une bonne et franche ripaille des charmes imposants, majestueux, d'Agathe, ne lui semblait pas être une dérogation.

Or, voici que, à cette heure, Mme du Collé-Monthey, toute palpitante d'espoir, se faisait, en vulgaire sapin, véhiculer vers Guy de Beaupiquet.

— Ah! je vais en avoir du nanan, j'imagine! songeait la noble patricienne.

Il est des émotions auxquelles les mots manquent pour en exprimer la douceur souveraine, magique, et celles de la chère grosse dame, dont frétillaient déjà les callipyges fesses, entraient dans la catégorie.

Juliette, aux amours illustres, immortelles, Ju-

liette, courant à Roméo, ne dut point éprouver, c'est probable, des démangeaisons impérieuses avec plus d'agrément.

— Ce canasson n'arrivera donc jamais rue de Prosny ! gémissait la veuve à la cuisse enflammée, quarantenaire et extra-grassouillette.

Rue de Prosny, en effet, les lares polissons de Guy présentaient cette particularité appréciable de réunir excellemment tout ce qu'il faut « pour écrire ».

Elle arriva enfin, Agathe, et, quelques minutes après, les cent-quatre-vingt-quinze livres de l'amoureuse épique, en route pour le ciel, légères à l'égal d'une plume de cygne, franchirent l'escalier, s'encadrèrent dans l'huis, d'où l'ineffable patachon guettait leur venue frémissante.

Vous parlez s'il se referma sur le champ ?

— Ah ! que vous devez me mépriser, hélas ! murmura noble dame Agathe, point tout à fait dépourvue, ainsi qu'on peut s'en rendre compte d'une certaine dose d'enjouement.

— Tu blasphèmes, mon cœur, opposa le monsieur, qui, de son côté, sans nul doute possible, échantillonnait, dans la vallée de larmes qu'est la terre, une humanité originale.

Guy, déjà, collait sa bouche de satyre aux pulpeuses lèvres d'Agathe, écrasait contre sa poitrine un de ces très opulents corsages, dont le suggestif contenu, quand vient la saison des frimas, fait une pige éloquente et suprême aux chouberskys les mieux perfectionnés.

— Alors? non? vous ne me méprisez pas, monsieur de Beaupiquet?... C'est que, dois-je le dire? de me trouver ainsi chez vous, dans ce nid libertin, d'enlever mon chapeau, là, devant cette glace, il me semble que c'est un rêve!...

— A moi, non, Agathe.

En effet, ce tendre fripouillard venait d'agripper, d'une libidineuse dextre, le pétard aux rondeurs de prodige, et l'explorant avec dilettantisme, ne rêvait, de toute évidence, en aucune façon.

Mme du Collè-Monthey, qui comprenait les choses, laissa faire le drille, eut un sourire extrêmement amène, articula, dans un calme parfait:

— Tu me croiras ou pas, joli garçon, mais voilà ce que feu mon époux regretté, las! ne savait pas faire!

— Bah?

— Je t'assure. C'était, certes, un homme de devoir,

et, à ce point de vue, nous composions un ménage idéal... Par malheur, feu Sosthène-Edgard Brix du Collè-Monthey ignorait, quasi totalement, l'art des préliminaires.

— Diable !

— C'était vexant.

— Pour tous les deux, Agathe. Sûr.

— Pour moi, surtout.... Mon mari prétendait que rien n'afflige la pudeur comme certains préludes auxquels s'attarde trop souvent la concupiscence de la chair.

— Ça, c'est possible, riposta, imperturbable, Guy, en continuant, bien entendu, de friper la jupe de la dame, et, même, de la soulever un tantinet.

— Vaurien délicieux ! fit Agathe, en un susurrement, lequel susurrement ne l'empêcha point de constater, ravie, qu'on la poussait vers un amour de chaise longue, qui, par parenthèse, tel Silvio Pellico, aurait bien dû rédiger ses Mémoires.

Elle reprit, langoureuse commère :

— J'étouffe...

— C'est très simple, bichette. Mets-toi donc à ton aise. Je vais t'aider...

— Oh ! j'ai pris mes mesures : ce ne sera pas long.

— Comment cela, Agathe?

— Devine, mon raton. Ah! ce que l'amour fait faire!... J'ai simplifié mes dessous, rigolo que tu es.

— Voyons...

— Tiens. Et les agrafes, va, ne sont ni compliquées, ni innombrables....

— Je demande à m'en assurer *illico*....

— C'est trop juste, répliqua l'ébouriffante poularde.

Ah! oui, il avait le geste, la manière, ce pourceau à face humaine de Guy.

Il était, le goret, passé maître, archi-maître, en l'art, beaucoup plus difficile qu'on ne croit, de déshabiller une svelte petite femme, voire même une grosse, et de la mettre, avec dextérité, (oh! oui) dans un appareil ne la gênant aux entournures que fort problématiquement.

Une fois en chemise — car, d'aventure, les remords, ne vous déplaise, l'assaillaient — Agathe croisa, pudiquement, ses nobles mains baguées sur ses tétons pharamineux, balbutia :

— Ciel! si, soudain, l'ombre de feu Sosthène-Edgard Brix du Collé-Monthey allait se dresser devant moi !....

Crainte chimérique, indubitablement, d'autant

plus que Guy se montrait en bannière! Non, si quelque chose, à cette minute précise, menaçait la gaillarde, ce n'était pas, je le jure, l'ombre irritée, indignée, de l'époux au cercueil.

. . . .

Vous permettez?

. . . .
. . . .

Agathe, qui recouvrait ses sens, estima piquant d'opiner.

— Dis donc, Guy-Guy, vois-tu la tête de mon gendre se cassant le nez sur cette idylle?... Probable qu'il dévallerait sans fin, M. Léonard de La Houpette, à travers les plus abrupts précipices de la stupéfaction. Je me roule, Guy-Guy...

Mais, alors, coup de théâtre, et combien dramatique, poignant.

; Comme l'énorme chatte se tordait sur la couche au pillage, pouffant : «Mais, gondole-toi donc, mignon » lui, brusquement, un trémolo lugubre dans la voix, déclara, tout de go :

— Léonard est un misérable!

Ce fut atroce.

— Ah ! quel saisissement, quelle stupeur chez Agathe !

— Tu dis ? Guy-Guy...

— La vérité douloureuse et cruelle.

— Mais encore ?

— Ah ! voilà... Je vais martyriser ton cœur de mère...

— Hein ? Qu'ai-je entendu ? Je redoute de comprendre...

— Et moi, Agathe, je m'explique : Léonard trompe sa femme, ta fille bien-aimée.

— Impossible !

— Authentique, hélas !

— Depuis quand ?

— Depuis toujours. Il n'a jamais fait autre chose, l'infâme.

— Miséricorde !... Avec qui ?

— Avec une drôlesse immonde, parbleu ! quand, gardienne angélique du foyer, Mme de La Houpette adore ce gredin ! Quel être ignoble !

— Mais, du moins y a-t-il une preuve ?...

— Oh ! formelle, tangible, aveuglante, la preuve.

— Dieu soit loué !

— Avec reconnaissance. Rien de plus simple, ô

Agathe chérie ! En l'absence de Léonard, la naïve et
confiante épouse n'a qu'à passer en revue certain
portefeuille en cuir de Russie extra-select que, le
plus souvent, l'indigne époux porte sur lui. Là, gît le
pot aux roses... Je ne t'en dis pas davantage, mais la
femme outragée en fera son profit, je suppose, ma
grosse.

Et, sans avoir l'air de rien, le bon apôtre d'ajouter :

— Cependant, moi, j'adore le calme... Il est donc
superflu que Mme de La Houpette sache d'où te vient
le tuyau... Comme ça, tu comprends, ni vu, ni connu,
je t'embrouille.

— Évidemment.

— Et j'aurai rempli quand même, devant ma conscience, mon devoir, appuya, sans rire, le sieur de
Beaupiquet.

Pour ce qui est d'Agathe, encore toute tréboulée
de l'horrible révélation, elle poussa deux ou trois
soupirs douloureux, en raison directe, comme intensité, de sa peu banale corpulence, et ce fut d'une
voix de tristesse infinie que Guy l'entendit gémir
tout à coup :

— Passe-moi ma liquette, mon amour.

X

COMME QUOI LA ROSSERIE DU SIEUR DE BEAUPIQUET

PORTA DES FRUITS EXTRÊMEMENT RAPIDES.

Je crois avoir démontré avec une rare éloquence
que l'aristocratique veuve du malheureux Sosthène-
Edgard-Brix du Collè-Monthey avait la cuisse au
moins aussi folichonne qu'entrelardée, mais, de toute
évidence, c'était, comme on l'a vu déjà, une mère
forçant l'admiration.

Elle allait le prouver derechef.

Une heure ne s'était pas écoulée depuis que Guy
de Beaupiquet lui avait fait, le sacripant, boire l'ex-
tase, qu'Agathe se précipitait chez sa progéniture.

Celle-ci ne put s'empêcher de remarquer, en jeune
femme qui a plutôt bon œil, le teint fleuri, coloré,
assez particulièrement, de la soudaine et chère visi-
teuse.

A la voir, à l'observer, il n'était pas, bien sûr, ma-

laisé de comprendre que la noble typesse venait de
s'offrir de l'agrément.

— Oh ! maman, comme tu es rouge ! opina l'ex-
qu'se madame Léonard de la Houpette.

— C'est le jour de mes pauvres, ma chérie, et j'en
ai monté, descendu, va, des escaliers minables,
Yvette...

— Dans ce cas, je m'explique la chose... Veux-tu
que je te dise, maman ?...

— Dis, trésor.

— Eh bien, tu es une sainte, une vraie sainte.

— Oh ! non. Mais je m'efforce, mon enfant adorée,
d'être agréable à Dieu, minauda l'ineffable commère,
qui, en fait de culot, n'est-ce pas, imposait la consi-
dération.

Mais Agathe du Collè-Monthey n'était point ac-
courue chez sa fille uniquement pour se pousser du
col avec ce toupet de calibre.

Ce qu'elle avait sur le cœur l'étouffait.

Elle se mit donc en devoir de libérer incontinent
ce viscère entre tous précieux, et, prenant un air de
gravité intense, Agathe, sur le champ, articula :

— Yvette, prête-moi toute ton attention.

A ces mots, prononcés avec ce trémolo inattendu,

la compagne devant Dieu, comme devant les hommes, du jeune Léonard de la Houpette, dressa, vivement, l'oreille qu'elle avait si fine, si jolie, ourlée avec tant de délicatesse.

— Tu me fais peur, maman... De grâce, que se passe-t-il ? Qu'y a-t-il ?...

— Tu le sauras toujours trop tôt, ô mon Yvette, infortunée !

— Hein ?... Tu as dit ?...

— J'ai dit : « O mon Yvette infortunée ! ». Et je m'explique. Mais d'abord...

— D'abord ? s'exclama, pantelante d'effroi, la très intime amie de Mlle Flora de Sanzambage.

Agathe prit un air on ne peut plus mystérieux et, à voix basse, d'un organe qu'étranglait l'émotion, cette mère d'exemple demanda :

— Quelle est ton opinion sur ton mari ?

— Mon opinion ?

— Oui.

— Sous quel rapport, maman ?

— Sous le plus important, l'essentiel. Léonard, ma chérie, remplit-il son devoir d'époux sans barguigner ?...

A cette question, Yvette, qui n'en revenait pas,

leva les bras au ciel, et, d'un accent d'énergie souveraine :

— Léonard ? Mais il est épatant !

— Tu exagères.

— Du tout.

— Ah ! M. de La Houpette, mon trésor, est si épatant que cela ?...

— Renversant, te dis-je, renversant !

Alors, Mme du Collè-Monthey parut se recueillir,
puis, après un silence :

— Dans ce cas, Yvette, ton mari est un lapin
unique, unique, tu m'entends...

— C'est aussi mon avis.

— Bon. Mais ce le sera bien davantage encore, je
suppose, quand tu sauras que Léonard te trompe.

Un éclat de rire fusa : c'était la divine Mme de La
Houpette qui se gondolait franchement, à la stupéfaction pyramidale de l'honneste et maternelle Agathe.

— Léonard me trompe ? Quand ça ? Où ça ?

— Il ne tient qu'à toi de le savoir.

— C'est donc sérieux, maman ?...

— Hélas !

— Tu es en mesure de me prouver le fait ?

— Pas encore.

— Comprends pas.

— C'est un peu compliqué, en effet, chère et malheureuse enfant... Mais, si je ne m'abuse, Yvette, dans vingt-quatre heures, au plus tard, tu seras pleinement fixée sur l'infamie de Léonard. Tu vas suivre mon conseil...

— Ça dépend.

— Comment, ça dépend? Et ta dignité d'épouse sans tache, qu'en fais-tu ?

— Je m'y drape, ma mère. Mais Léonard, pas plus tard que la nuit dernière, était si croustillon, amusant, cramponnant !...

— Taisez-vous, ma fille.

— Cependant...

— Taisez-vous.

Agathe, comme on voit, si elle faisait, la gaillarde, bon marché de sa propre vertu, ne badinait pas précisément avec le respect que se devait à elle-même Mme Léonard de La Houpette.

Il était clair que celle-ci avait pris goût, et avec raison, certes, aux discrets exercices spéciaux qui sont le corollaire obligé de l'hymen, et que la perspective d'y renoncer si vite, de se refuser désormais à ce mari d'attaque, plongeait dans la consternation cette goulue d'Yvette.

Si vraiment Léonard, jeune époux de tant d'activité sublime, avait trouvé moyen, par surcroît, de tenir la fesse chaude à quelque « espèce », il se classait, indubitablement, parmi les phénomènes du genre, de sorte qu'on pouvait à la fois le maudire et l'admirer.

Agathe ne fut point dupe, lut dans la pensée d'Yvette, reprit :

— Dans ces conditions, j'imagine que tu sais quelle attitude prendre... Épouse outragée, mets sans retard l'infâme à la raison. Tu me sembles, ma pauvre enfant, ne pas te rendre un compte bien exact de son ignominie... C'est que tu ignores un détail horrible, monstrueux, sans précédent peut-être ou peu s'en faut dans les annales de boue de l'adultère...

Mme Léonard de La Houpette, naturellement, se mit à haleter de curiosité douloureuse et poignante.

Héroïque, elle gémit alors :

— Vas-y, maman, de l'horrible détail : je serai courageuse...

— Et tu en as besoin, pauvre ange. Écoute. Léonard...

— Eh bien, Léonard ?

— Yvette, c'est épouvantable...

— Je m'en doute... Achève.

— Léonard, ma pauvre chérie, venait à peine de cueillir la virginité en détresse, aux abois, mais après tout, mon Dieu, ravie d'être fichue, qu'il s'en allait conter ses impressions à une gourgandine, à une gueuse...

— Oh ! maman, tu me poignardes, balbutia Yvette, blanche comme un linceul, ainsi qu'il est d'usage, chacun sait ça, quand une nouvelle à ce point défrisante frappe en plein cœur, brusquement, une faible et mortelle créature.

Farouche, Agathe poursuivit :

— Je te poignarde, soit ; mais je t'éclaire. Sais-tu comment cette traînée se nomme ?...

— Dis, maman, et que je boive le calice jusqu'à la lie... Elle se nomme ?...

— Esther Peau-de-Satin.

— Veinarde ! songea la jeune épouse infortunée.

Puis, elle proféra :

— Vengeance ! Vengeance !

A la bonne heure, fit Agathe, pressant Yvette sur son sein d'opulence indicible.

Après un court silence, elle reprit :

— Pour ta gouverne, pauvre enfant, inspecte dès demain le portefeuille marital...

— J'y trouverai les pièces à conviction ?

— Au grand complet.

— Fort bien.

— Mais d'ici là, ruse, domine-toi, noble et pure victime.

— Sois tranquille, maman.

Et la « noble », la « pure victime » dissimula un étrange sourire.....

XI

LA CATASTROPHE

Le déjeuner des époux venait de s'achever paisiblement, et Léonard allait sortir.

Sur l'ordre de son maître, le premier valet de chambre, Jonas, avait dit d'atteler, non sans que, ce jour-là, détail à retenir, son glabre et cauteleux visage n'eût l'air content et satisfait. Cela signifiait, chose trop vraisemblable, que, d'un moment à l'autre, il pourrait bien, chez les de La Houpette, y avoir du nouveau...

— Ainsi, poupoule de mon âme, fit Léonard plus épris que jamais, tu ne m'accompagnes pas au Bois ?

— Non chéri. J'ai la migraine...

— Hum !

— Tu ne me parais pas en être convaincu, mon petit Léonard ? Pourquoi ça ?

— Parce que ton amie préférée, Mlle Flora de Sanzambage annonce son retour pour aujourd'hui, et que, dans ta hâte de l'embrasser, tu crois devoir sacrifier ta promenade quotidienne. Ah ! je te connais bien, va, mon cœur... Je lis comme à livre ouvert dans tes grands beaux yeux de brune non pareille... Mais, migraine ou impatience de retrouver ton ancienne compagne des Oiseaux, un peu de ta chère présence va m'être ainsi ravi, et je le regrette, déplore.

— Prenez toujours ma bouche, en attendant, monsieur.

— Yvette enchanteresse !

Quelques « bises » suaves musiquèrent, puis :

— A bientôt, ma divine.

— A bientôt, mon doux seigneur et maître.

Mais à peine Yvette entendit-elle se fermer derrière Léonard la porte du logis, que ce furent des figues d'un tout autre panier.

Ses traits si réguliers, jolis, de camée véritable, revêtirent alors une expression d'un caractère étrange, parfaitement inattendu, bien que Léonard, à l'entendre, et pour employer ses propres termes,

7

« lût comme à livre ouvert dans les grands beaux yeux de sa moitié. »

Ah ! je t'en fiche !

Yvette bondit, telle une jeune fouine fortement alléchée, à un chiffonnier en bois de rose, l'ouvrit d'un geste prompt, nerveux, en tira des papiers odorants, lesquels suaient un infini mystère, liés par un ruban de faveur couleur ciel de printemps magique.

Il n'y avait pas cinq minutes que les susdits papiers, à l'insu de ce pauvre M. de La Houpette — et pour cause, naturellement — s'étaient trouvés, de façon subreptice, transportés de son portefeuille dans le ravissant petit meuble en question.

Du diable si Léonard, que le Bois de Boulogne allait charmer de son illustre poésie, pressentait, à cette heure, ce qui lui pendait au bout du nez !

Quoi qu'il en fût, la compagne adorable de sa vie arracha, frénétique, le ruban de faveur, et put, tout à son aise ensuite, *jouir* d'un spectacle intéressant.

Ce fut d'abord un très authentique portrait de Mlle Esther Peau-de-Satin, photographie instructive à souhait, pour laquelle cette chipie admirable et sereine avait posé dans une tenue édifiante, en un costume on ne pouvait moins coûteux.

Au bas de la galante image, d'une main sûre autant
que redoutable, le Machiavel femelle avait écrit,
simplement : *A Léonard, coco de mes béatitudes, délicieux poulet resté fidèle. — Esther. — 12 mai 1904,*

La date, surtout, avait pour fonction principale de
dégager, à l'intention de Mme de La Houpette, un
parfum spécial inracontablement, puisque le 12 mai
de l'an de grâce précité correspondait — imposture
infernale ! — au lendemain même de l'hyménée
d'Yvette. Ni plus, ni moins.

Machination à remplir d'épouvante les natures, les
mieux trempées, hélas !

Et il y avait autre chose, braves gens, par surcroît
d'infamie et d'horreur !

Non moins savamment, odieusement apocryphes
que la dédicace du portrait, quelques lettres plutôt
très libertines formaient à celui-ci un entourage har-
monieux et digne.

Bref, avec la complicité de Zoé, qui avait reçu d'elle
le paquet, pour le transmettre ensuite à Jonas, la
maîtresse lâchée avait ourdi, avec un plein succès, la
plus satanique des trames. Rien n'avait été plus facile
pour le valet de chambre odieux et jésuite que d'introduire en cachette, parmi les intimes papiers de

Léonard, la preuve prétendue de l'adultère absent.

Et, comme la Vertu (ce n'est pas vous, j'espère qui me démentirez ?) obtient toujours sa récompense, toujours — c'est réglé, heureusement, comme les petits pâtés — M. de La Houpette, pauvre et infortuné bougre, n'y avait vu que du feu.

Vous pensez si cette gâle d'Esther Peau-de-Satin allait la trouver succulente ! Et Guy de Beaupiquet, donc, Guy, le type charmant, captivant, d'ami bien dévoué jusqu'à la mort !

Mais je vous vois venir, âmes sensibles, généreuses, incapables, c'est sûr, de faire du mal à une mouche.

Mus d'une ardente et noble compassion, vous vous dites, maintenant, avec un ensemble d'attaque : « Quel effroyable coup, mon Dieu, pour la délicieuse Yvette ! »

Effroyable, certes, en effet, et qui changeait la suave poupée, article de Paris garanti sur facture, de la « petite secousse » dont Mme de La Houpette raffolait, non sans raison d'ailleurs.

Dès lors, vous comprenez que je ne saurais rater cette occasion d'écrire qu'une grosse larme roula, silencieusement, sur la joue de la jeune et douloureuse femme.

Elle roula, c'est un fait, et il n'est que loyal de l'indiquer. Je l'indique.

Mais, brusquement, Yvette tressaillit, porta la main à son cœur déchiré, puis se transfigura.

— Coucou ! disait une voix claire, argentine, chaude, — chaude, surtout.

En même temps, une affriolante tête blonde s'encadrait, singulièrement expressive et joyeuse, entre deux tentures qui formaient portière.

— Flora !...

— Yvette !...

Les deux amies, ayant commencé, rue de Sèvres, aux Oiseaux, ces rapports de douceur ineffable, s'étreignirent en conséquence.

Ce ne fut pas très long, long, si vous voulez, mais combien, dans cette union édifiante, les mignonnes fleurs pourpres qu'étaient ces bouches féminines mêlèrent à l'envi leurs arômes.

Yvette, qui n'avait jamais eu peur, déclara :

— Bébé, c'est le ciel qui t'envoie. Je divorce...

« Bébé », qui n'avait pas peur davantage, battit des mains, s'illumina de joie, fit :

— Déjà ? En voilà une chance ! Quel bonheur !...

Et, simplement exquise, ôtant ses gants, installée

sur les genoux d'Yvette, Flora de Sanzambage fredonna l'air connu :

> Au bout de cinq à six semaines,
> Au bout de cinq à six semaines...

— Grande folle, va...

Il y eut un bruit, imperceptible presque, de baisers.

Et Flora tout à coup :

— Quel crime a donc commis M. de La Houpette ?

— Quel crime ? Tiens, regarde, lis, examine, ma chère...

Mlle de Sanzambage s'exclama, amusée :

— Oh ! un portrait de cocotte ! Donne vite, vite...

— C'est avec cette grue que mon mari me trompe, tu sauras.

L'autre, posément, opina :

— Elle est bien, quoique les attaches ne soient point assez fines... Mais, en somme, Yvette, cette Peau-de-Satin ne t'arrive pas à la cheville.

— Evidemment, Flora. N'empêche que le lende-main même de ses noces, M. de La Houpette, ce drôle, avait le front de retourner chez elle.

— C'est assez vif.

— Tu trouves ?

— Soit. Mais un peu plus tôt, un peu plus tard... Il leur faut des maîtresses, à ces messieurs. Ils ont ça dans le sang. Par parenthèse, celle-là dénomme ton mari le *coco de ses béatitudes* et son *délicieux poulet.* Eh ! eh !

— Oui, c'est un « fort ténor », comme tu écrivais, Flora, et, j'ajoute, de ceux qui poussent le contre-ut sur tous les théâtres où ils chantent.

— C'est à considérer, cela, Yvette...

— N'importe, tu verras de quel bois je me chauffe sans lui.

— Du mien, parbleu !

— D'abord, friponne exquise...

Soudain, Flora de Sanzambage, qui avait attaqué la lecture des fameux manuscrits, pris, au hasard, dans le tas :

— Tiens, il est question là-dedans de M. Guy de Beaupiquet...

— Tu plaisantes ?

— Que nenni ! Quel jour sommes-nous donc Yvette ?

— 22 juin.

— Eh bien, cette lettre de l'impure Phryné porte la date d'hier 21 et fixe un rendez-vous pour demain 23, à trois heures de relevée. C'est clair.

— Je n'avais pas vu ça, tonnerre !

En effet, dans son trouble si parfaitement explicable, l'angélique et vertueuse Yvette avait laissé échapper ce capital détail.

Maintenant, frémissante, elle lisait : « J'emménage, « raton, à notre nouveau nid. Or, dans ce qui, bien-« tôt, sera l'ancien, tout est sens dessus dessous, « chambardé, en l'air, comme le sont, dès que tu les « y invites, ô lapin de mes ravissements, mes jambes « si galbeuses. Alors, après-demain, par exception, « la séance aura lieu chez Guy, en son voluptueux « aimoir du 7 de la rue de Prosny, obligeamment « prêté par le « cher vieux ». Rendez-vous à trois « heures, et en route, chéri chéri, pour l'ivresse « suave... »

— Je les tiens ! rugit Mme de La Houpette.

— Tu vas les pincer sur le fait ?

— Probable, ma douce.

— Et tu verras de près, de très près, une cocotte chic ; tu pourras lui parler, méprisante et tragique, mais enfin lui parler. J'ai toujours rêvé ça, moi...

— Enfant !...

Il y eut un silence.

Yvette, avec un légitime soin, réunissait tous les faux documents.

Et, soudain :

— Que fais-tu donc, Flora ?... Tu me chatouilles...

Mlle de Sanzambage, aux doigts de souplesse infinie, venait de dégager de l'enveloppe coquette de la robe d'intérieur le haut d'un buste ravissant, et sa réponse fut :

— Yvette, l'épreuve impose son fardeau à cette épaule de déesse. Alors, moi, tu comprends, je m'apitoye et je la baise...

— C'est à merveille, bébé...

Voilà comment, son bonheur domestique détruit par l'exécrable stratagème d'Esther Peau-de-Satin, précipitée, hélas ! du haut de l'éden conjugal, Mme Léonard de La Houpette, cependant, pouvait goûter du moins, par un privilège sans rival, des consolations pas ordinaires.

XII

CHAPITRE EXPRESS, MAIS D'AUTANT PALPITANT

Léonard. — Comment, poupoule, je rentre du Bois,
et c'est toi, à présent, qui t'absentes ! Où vas-tu donc ?
miroir de mes prunelles.

Yvette. — Je me retire chez ma mère, monsieur...
Pas un mot, pas un geste, ou, devant nos gens, je
vous crache au visage, infâme que vous êtes. Soyez
maudit !

XIII

AUTRE CHAPITRE, ÉGALEMENT EXPRESS,
QUI PALPITE À SON TOUR

Défait, hagard, fantomatique et spectral, le malheureux sonna chez noble dame Agathe.

Un valet de pied accourut.

— Firmin, avez-vous, il n'y a qu'un moment, ouvert
à Mme de La Houpette ?....

— Si fait, Monsieur... Ah ! mais, pardon ! Ces dames
m'ont donné pour consigne absolue de refuser la porte
à M. de La Houpette, de façon que M. de La Houpette
voudra bien m'admettre à l'honneur de comprendre...

Et l'huis se referma soudain.

XIV

OU, DANS L'ADVERSITÉ ACCABLANT CE PAUVRE M. DE LA
HOUPETTE, LA NOBLE AFFECTION DE GUY NE SE DÉROBE
PAS.

S'abreuver à la coupe des douleurs est déjà vivement regrettable, mais ignorer pourquoi ces libations
vous occupent, voilà qui glace d'épouvante.

Qu'on se représente, s'il se peut, l'état d'esprit de
Léonard, le Destin (par un grand D, bien entendu)
lui poussant cette colle subite, effarante et lugubre.

Quand il avait quitté Yvette, celle-ci lui avait gazouillé, d'un organe enchanteur : « A bientôt, mon doux-
seigneur et maître » ; quand il était rentré au logis
conjugal, faisant risette à sa poupoule, « miroir de
ses prunelles », la divine l'avait qualifié d'*infâme*.

A moins de voir en ce monde les choses à la manière
d'un aimable crétin, il était évident que, en sa courte
et guillerette absence, un événement prodigieux,

gigantesque, inouï de gravité terrible, s'était produit à son insu.

— Quel? se demandait, atterré, le navrant M. de la Houpette.

Le fait est qu'une telle situation, cauchemardesque avec tant d'intensité rare, eût séduit, si je ne m'abuse, un dramaturge ami des ficelles poignantes.

En son désespoir indicible, Léonard, tout d'abord, avait accompli un geste immédiat, celui de s'arracher les cheveux, geste vain, dérisoire, entre nous, au surplus, les bipèdes femelles de la catégorie d'Esther Peau-de-Satin ayant œuvré, délicieusement, chez le de La Houpette, une calvitie remarquable et précoce.

Mieux inspiré ensuite, il avait, tout pantelant de l'effroi qu'on suppose, examiné, interrogé, les lieux, avec l'incisif, inquisiteur regard d'un juge d'instruction.

Voyons, est-ce que dans cette demeure qu'avait muée en paradis Yvette, ensoleillée son sourire troublant, pour aboutir à cette désertion stupéfiante, rien n'allait mettre sur la voie l'infortuné conjoint, lui devenir un indice, si vague et si léger fût-il? Rien. Parfaitement, de sorte que, dans ce mystère des mystères, il y avait de quoi faire tourner en bourrique l'époux terrifié, le promouvoir à la néfaste dignité de maboul.

— Oh ! gémit-il, introduire la clef de cette énigme dans la serrure de la réalité !....

Et, spectacle déchirant pour les lambris témoins de sa détresse horrible, Léonard sanglota :

— Que je souffre ! Mon Dieu, Dieu dès de La Houpette, je vous offre, en expiation de mes péchés d'antan, mes innomables tortures...

Ça, c'était gentil.

Et voyez comme un généreux mouvement porte toujours bonheur à l'humaine nature, Léonard, aussitôt, fut visité d'une pensée touchante.

Soudain, il se rappelait que La Bruyère a dit « Si les femmes vont plus loin que les hommes pour l'amour, les hommes l'emportent sur elles en amitié ».

Effectivement, l'amour s'use avec le corps, tandis que l'amitié se fortifie avec l'âme ; et, dans ces conditions, quoi de plus instinctif, normal, je le demande, que le souvenir brusque, chez Léonard, de Guy de Beaupiquet ?

Peu d'amitiés sans doute résistaient à l'épreuve du malheur, mais avec Guy, n'est-ce-pas, aucune déception à craindre, à redouter !

C'avait été de tout temps, le copain idéal....

Leur affection robuste et exemplaire avait commencé sur les bancs de Stanislas, où, d'ailleurs — on pouvait bien se l'avouer, ma foi — l'un et l'autre s'étaient montrés cancres pareillement. Nés sous la même étoile bienheureuse, grandis dans un commun je-m'enfoutisme aimable, ils avaient, de concert, à l'heure des gonzesses, usé et abusé de l'idoine mal aux cheveux. Harmonie peut-être pas très noble, si vous y tenez bien, mais qui avait assurément son charme. Ah ! que de fortes culottes, jadis, prises ensemble ! que de nymphes commanditées *idem !* Et jamais, jamais, le plus petit nuage entre eux, un accord admirable toujours, toujours !

— Bon Guy ! murmura Léonard, cessant d'être prostré, songeant que s'épancher dans le gilet de ce solide ami, apporterait un baume à sa douleur.

Une indication pouvait, au surplus, n'est-il pas vrai ? sortir de cette bouche sympathique, de même qu'un utile et précieux conseil. En tout cas, Guy compatirait, de toute la vigueur d'un mortel dévoué, à son martyre à lui, de La Houpette.

Il se sentit quelque peu soulagé, tira sa montre.

— Bientôt neuf heures ! Guy doit être aux *Mirlitons.* J'y vole.

Pour la première fois de sa vie, le sieur de La Hou-pette ne s'apercevait en aucune façon qu'il n'avait pas dîné, « nourri la bête », comme on dit, et c'était, j'imagine, le cas ou jamais d'employer cette locution.

Le mariage, on en voudra bien convenir, n'avait développé qu'assez problématiquement, chez Léonard, le sens de la sagacité. Oh ! voui.

Bref, il vola aux *Mirlitons*, cercle select et vicieux avec une haute élégance, situé dans les parages chics de la Chaussée d'Antin, put, à l'écart, mettre la main sur le type délicieux.

Il ne fallait pas être marchand de pronostics pour deviner que Léonard n'en menait guère large.

Le premier mot de Guy fut le suivant :

— Je te découvre une fiole affligeante. Que se passe-t-il donc, cher vieux?...

— Une chose effroyable.

— Dis. J'aurai du courage...

— Ma femme m'a quitté.

Une extraordinaire sensation de bien-être vint à Guy de Beaupiquet.

La fripouille songea : « Quel travail chouette et su-périeur ! » Puis, jouant la consternation avec tout l'à propos de mise, se saisissant, par un geste ineffable,

des deux mains de cet infortuné, d'une voix tremblante
et adéquate :

— Mon pauvre vieux !...

Un silence tomba, horrible.

Et, ensuite, Léonard expliqua :

— Invraisemblable, Guy, bon Guy, mais réel vois-tu :
ma femme est rentrée chez sa mère.

— Pourquoi ça ?

— Je l'ignore, et mon air abruti s'explique de ce chef.

— Mon pauvre vieux ! répéta l'autre.

Puis, naturellement, il insinua, le jésuite :

— Voyons, voyons, de la logique ! Mme de La Houpette, m'apprends-tu, a quitté le foyer conjugal... Ce
n'est pas pour des prunes ?

Et Guy se disait : « J'y compte bien ».

Mais Léonard, poire phénoménale, s'empressa d'expliquer que, innocent dans l'espèce comme l'enfant
qui vagit sur la terre, il avait été un époux sans faiblesse, actif avec enthousiasme, vigoureux avec fidélité

— Alors, tu me renverses, simplement, opina Beaupiquet, grave comme une augure, ajoutant que, en
effet, pour voir l'issue d'un pareil labyrinthe, ce ne
serait point trop du peloton de fil mythologique dû
par Thésée aux soins prévoyants d'Ariane.

Tout à coup, il sentencia :

— Une idée !... Veux-tu que je te dise, Léonard ? Là-dessous, des fois, il pourrait bien y avoir de la Peau-de-Satin ?... Je t'avais prévenu, pauvre vieux. Souviens-t'en... Tu n'y a pas songé dans ta détresse inique et lamentable ?..

— Non, répondit Léonard, immense.

Et il se tut.

Mais à présent, orienté, avec cette obligeance, par Guy de Beaupiquet, vers l'ancienne houri de ses folles délices, se rappelant avoir compliqué le lâchage de l'ironisme que l'on sait, il daignait admettre, La Houpette, la vraisemblance de l'indice.

Il n'en bafouilla pas moins, cependant :

— Je te ferai observer, bon Guy, que, sur simple avis de me fiche la paix, Esther me l'a fichue...

— Ou te l'a laissé croire.

— Par quels procédés, alors ?..

— Est-ce que je puis l'approfondir, moi ? riposta Guy, pince-sans-rire désastreux.

Il ajouta, un pli de souverain dégoût à sa lèvre fallacieuse :

— Esther est une sale grue, parfaitement capable d'avoir imaginé quelque abomination.

— Tu crois?

— Note que je n'en suis pas sûr, mais j'en ai l'amer pressentiment, la fielleuse intuition.

— N... de D... Écoute, Guy.

— J'écoute.

— L'adversité m'accable, tu le vois...

— En effet, je le constate, la mort au fond de mon âme fidèle, Léonard. Je t'assure que je prends, avec vivacité, ma part de ce triste fardeau.

— Noble ami!... Tu vas donc tirer la chose au clair?

— Moi? Comment ça?

— Je te charge d'une mission.

— Laquelle?

— Voir Esther Peau-de-Satin...

— Pourquoi faire?

— Pour la sonder avec adresse, l'amener à manger le morceau.

— Oh! elle est à la coule, la sultane.

— Toi aussi, bon Guy, et ta vieille affection sera ingénieuse...

— Elle y tâchera, du moins. Je m'y engage. Tu souffres, je t'assiste. Quoi de mieux indiqué, pauvre vieux.

— Ah! merci, merci.

Léonard crut devoir presser sur son cœur à la fraîche blessure le copain d'absolu dévouement.

Il demanda, ensuite, fiévreux :

— Guy, à quand la réponse ?

— A demain.

— Bon ! Où ? Ici ?

— Non, chez moi, rue de Prosny.

— Parfait. A quel moment ?

— Dans l'après-midi, vers quatre heures.

— Entendu.

— Allons, courage, pauvre vieux... La destinée t'est rude, hélas ! il faut le reconnaître, mais un ami te reste...

— Un vrai. Ça fait du bien.

— Tant mieux. A demain, Léonard.

— A demain, Guy.

Et de La Houpette quitta de Beaupiquet.

XV

COMMENT LE PIÈGE INFAME TENDU DE COMPTE A DEMI
PAR ESTHER PEAU-DE-SATIN ET GUY DE BEAUPIQUET
EUT, HÉLAS ! UNE RÉUSSITE TROP COMPLÈTE.

Le 23 juin 1904, vers la demie de 3 heures du soir,
un fiacre de l'*Urbaine*, — le numéro 8911, je précise,
— déposa au 7 de la rue de Prosny une jeune et
élégante femme, qui paraissait en proie à une agita-
tion considérable.

C'était, on l'a pressenti, madame Léonard de La
Houpette.

Esther Peau-de-Satin s'était tenu ce raisonnement
d'une logique meurtrissante, broyante, à force de ser-
rer : « Dans la soi-disant correspondance criminelle,
je vais, puisque j'y suis, imaginer un rendez-vous
avec le mari chez Guy de La Houpette, et si le bateau
effleure la dame, sans la prendre à son bord, si elle ne
tombe pas rue de Prosny, telle la foudre, je veux avoir
ma « fleur » encore, ma fleur illusoire et lointaine ».

Et Yvette, en effet, accourait dare-dare.

Fiévreusement, elle régla l'automédon, enveloppa l'immeuble d'un rapide regard, entra, se précipitant vers la loge de la concierge.

— M. de Beaupiquet, s'il vous plait?...

La pipelette, d'abord, ne souffla mot, et vous allez le comprendre tout de suite : l'honorable préposée à l'étroite surveillance des lieux, plongée dans la lecture du *Capitaine des Pénitents noirs*, de Ponson du Terrail, en était arrivée à un passage excluant, impitoyablement, toute autre préoccupation étrangère. C'était celui où l'auteur a cru pouvoir écrire : « Dans une calme et pure solitude, se promenant dans son jardin, l'homme lisait son journal, les mains derrière le dos ». Etre dérangée et troublée, quand on savoure des trouvailles dont le charme est à ce point unique, il n'y a pas à dire, on s'en passerait bien !

Mais Yvette revenant à la charge, en élevant la voix, reçut enfin l'indication voulue.

— M. de Beaupiquet? A l'entresol, ronchonna l'Argus inévitable, songeant, à part soi, avec la discrétion proverbiale attachée à l'état social de concierge : « Encore une tête nouvelle ! Quelle vie de bâton de chaise mène ce locataire ! »

Si le cœur lui battait à l'amie de Flora de Sanzam-bage, ce n'est rien de l'écrire. Des perturbations morales de ce particulier calibre ne se dépeignent pas, vous concevez ?

Yvette, en s'élançant, blêmit...

— Je vais faire un malheur, je le sens ! balbutia la jeune épouse.

Devant la porte, un moment, elle tergiversa, hésita, s'appuyant à la rampe, les yeux tout grands ouverts, fixés sur l'huis, qui, pour la circonstance, semblait se caractériser d'un air sarcastique et railleur.

Ainsi, là, derrière, de l'autre côté de la porte, se disait Yvette, l'ignomineux Léonard, à cette minute même, tenait dans ses bras Esther Peau-de-Satin, se vautrait dans les fanges de l'adultère ! Et avec qui ? doux Jésus ! Avec une fille !..

Ah ! quel dégoût ! quelles nausées !

— Canaille ! Canaille ! soliloqua Mme de La Houpette.

Puis, alors, se décidant, livide, elle sonna...

Oh ! l'attente ne fut pas longue.

— Vous êtes un ange !... gazouilla une voix bien con-nue, mais pas celle de Léonard, vous comprenez.

En même temps, le satanique Guy, prompt comme une auto qui fait du cent à l'heure, bondissait sur

Mme de La Houpette, l'attirait à lui, et refermait la porte d'un de ces gestes qui, pour la dextérité, défient toute description.

Dans sa surprise, non moins impossible à conter, dans son saisissement insigne, la belle madame cependant fut très bien (oh ! tout à fait !), c'est-à-dire qu'elle opposa, d'un accent idéal :

— Je suis une honnête femme, monsieur...

— Mais c'est ma conviction... Sans cela, mon délice serait gâté, parbleu !

— Insolent !

— J'y souscris...

— Ouvrez-moi cette porte, de suite...

— Pour que vous opiniez : « Quel cornichon ! » Jamais de la vie !

Mme de La Houpette feignait à ravir de se débattre, mais, chose singulière, sa résistance, au lieu de la rapprocher du seuil, l'en éloignait de plus en plus. Il y a de ces étrangetés.

Elle gémit, sous l'étreinte violente et passionnée de Guy :

— A quel piège odieux me suis-je laissée prendre !.. Laissez-moi... Mais laissez-moi donc, monsieur Guy.

— Yvette, réfléchissez... Vous demandez des choses!...

— Comment! vous, l'ami de prédilection de Léonard!

— C'est justement pour ça... Il vous trompe; je m'offre; je dois avoir la préférence... Etes-vous jolie?.. et faite ?... D'ailleurs, je vous en préviens: si vous ne capitulez pas, intelligemment, comme c'est votre devoir de femme dupée, offensée, afin de rendre œil pour œil, dent pour dent, eh bien, j'irai jusqu'aux derniers outrages...

— Jusqu'aux? Vous dites jusqu'aux?...

— Inclusivement.

Un frisson parcourut Yvette...

Elle songea : « Oh! mais, alors, mieux vaudrait encore se débattre, peut-être!.. »

Cependant, non. Visiblement, sa résistance pour rire mollissait, et Guy s'en aperçut.

— Allons, Yvette. Soyons sage...

Il lui planta, allumé comme un faune, un de ces baisers dits « aux petits oignons », qui ont, à travers les siècles, depuis les temps préhistoriques, le privilège d'activer les choses avec un succès infaillible.

Alors, en ce triste et bas monde, Mme de La Houpette, qui, sans pareil traquenard, n'eût pas demandé autre chose, peut-être, que de rester une épouse vertueuse... avec l'amitié de Flora, Mme de La Houpette, hélas! connut l'*irréparable*.

— On ne peut rien te refuser à toi, brigand..., susurra-t-elle, en faisant (et avec quelles délices!) Léonard cornette aussi absolument, totalement, que les esprits clairs et lucides sont aptes à le concevoir.

Mais à peine Yvette avait-elle signé l'irrémédiable déchéance, et, pour se remettre, liché un verre d'extra-dry, qu'on sonna de nouveau à la garçonnière perverse.

Guy tressaillit.

Cependant, comme si, à la faveur de sa bonne fortune succulente, la notion du plus récent passé se fût obscurcie en lui, l'admirable copain de Léonard ne ramifiait, dans sa pensée, ce coup de sonnette, à aucune visite prévue.

— Qu'est-ce que c'est que ça? chéri, interrogea Yvette, dont la chevelure en désordre et les autres charmes amplements dévoilés trônaient sur l'autel du sacrifice, en la plus savoureuse nonchalance.

— J'ignore... Je vais voir, chatte sublime.

Et Guy d'enfiler sa culotte, de se diriger vers l'entrée

de l'érotique temple, de demander, aimable comme un ourson à jeun :

— Qui va là ?...

— Moi, Agathe, mon Guy-Guy.

Le patachon cynique réprima un grognement tout à fait en situation, puis s'éclaira d'un ignoble sourire, songeant : « Je ne puis pourtant pas, voyons, loger dans mon plumard, ensemble, la maman et la fille ! »

Mme du Collè-Monthey reprit derrière l'huis :

— J'ai voulu, raton, te faire une surprise... Ouvre. Dépêche. Je brûle...

— C'est que ça tombe mal, Agathe.

— Mal ? Pourquoi donc ?

— Je vais t'expliquer, ma grosse...

— Explique.

— Voici... Hum ! Je suis... Je suis...

Du diable si de Beaupiquet savait un traître mot de l'imposture qu'il allait fabriquer.

Mais qu'un gaillard d'une semblable trempe ne se fût pas tiré d'embarras, c'eût été une calamité !

— Je suis avec mon homme d'affaires, tu comprends ? affirma Guy.

— Renvoie-le.

— C'est impossible, ma grosse. M. Levéreux, c'est

le nom de ce type, me rend des comptes extrêmement pressants.

— Ce sera long ?

— Je le crains...

— Que le diable emporte Levéreux !

— Tôt ou tard, il n'y saurait manquer. Sois tranquille.

— Tranquille ? Quand je me brosse, moi !... Comme c'est défrisant !

— Bah ! On se rattrapera, Agathe.

— J'y compte bien, Guy-Guy. Mais quand ?

— Demain, à la même heure, ma poularde.

— Bon !... C'est égal, rigolo de ma flamme épatante, attendre ainsi fait souffrir ton Agathe. Quel supplice !

— Dame, il faut savoir souffrir... pour mieux jouir après. File, ma grosse. A demain... A demain.

Guy poussa un vaste soupir d'heureux soulagement, fit : « ouf ! », retourna auprès de l'épouse adultère, qui, naturellement, le questionna.

— Une femme ? hein ! chenapan. Quelque jupe qui se cramponne ?... Monsieur joue au pacha. Oh ! moi, je suis intelligente, et je l'admets, chéri. On va recommencer ?... Ah ! que la vengeance est douce ! Bécotte, bécotte, va...

Elle était si douce, la vengeance exercée par Yvette de bonne foi, quant au forfait illusoire de Léonard, que jamais, au grand jamais, le paradis de Mahomet — qui en vaut bien un autre, je suppose — n'avait accumulé, pour Guy de Beaupiquet, des ivresses plus larges.

Il s'en repaya une tranche... Et allez donc !

Mais, brusquement, de nouveau, drelin ! drelin-din-din !

— Encore ! s'exclama Mme de La Houpette, tandis que l'amant, cette fois, sentait son sang se glacer dans ses veines, se disait : « Léonard !... ».

Après avoir, dans l'excès de sa béatitude, complètement oublié ses accords de la veille avec l'époux infortuné, il se les rappelait soudain, et, comme on en peut juger, à un moment qui n'était pas, pour le de La Houpette, d'une mince importance.

Sa première pensée fut celle-ci : « Nous sommes foutus ! »

Mais, hélas ! quelles ressources n'offrait pas dans le mal ce débauché cynique ?

En quelques secondes, il se fut ressaisi, sans que sa criminelle compagne eût rien soupçonné de la passagère terreur, enfila derechef sa culotte, et s'en vint

glisser, par le trou de la serrure, au malheureux cor-
nard :

— Est-ce toi ? pauvre vieux...

— Oui.... Tu n'es pas seul ?

— Non... Tu sais bien ? Je t'avais parlé d'un bijou
de femme mariée que je guignais, et, même, si j'ai
bonne mémoire, la bouche amie avait articulé : « Par
affection pour toi, j'apprendrai avec plaisir qu'elle a
fait la culbute ». Eh bien, ça y est, Léonard. La
dame est dans mon lit, à quinze pas de l'huis où je
te cause, et le monsieur cocu... deux fois déjà... Tiens,
entends-tu ? Elle éternue, la gazelle... Une Vénus,
mon vieux, une pure Vénus ! Mais je m'arrête. Tu n'as
pas le cœur, hélas ! je le comprends, à partager ma
joie... Tu viens pour la réponse à propos d'Esther
Peau-de-Satin ?...

— Evidemment. Parle. Fixe-moi...

Et Guy, jamais embarrassé, on ne le sait que trop,
allait proférer le mensonge propice, lorsque, dans
l'agacement né de ces coups de sonnette successifs,
Yvette, sautant du lit, ouvrit la porte de la chambre,
et de manière à être entendue, émit cette opinion :

— Chéri, envoie donc promener ce raseur...

L'épouse adultère ignorait quel était le « raseur ».

Mais, celui-ci n'avait pu s'y méprendre : cette voix appartenait à Mme de La Houpette, sa femme devant Dieu, devant les hommes...

Alors, oh ! alors, la plume se refuse à décrire fidèlement ce qui se produisit sur le palier...

Le voile, tout à coup se déchirait pour Léonard, et ce fut terrible, épouvantable, atroce.

La voix paralysée, d'un geste d'automate, d'instinct, M. de La Houpette porta sa main gauche à son cœur, puis, devenu livide, les prunelles désorbitées, dans une expression de surhumaine angoisse, il aspira l'air à pleins poumons, sentit son être menacé du suprême péril, et chancela, tomba comme une masse : il était mort.

ÉPILOGUE

Le lendemain, on pouvait lire dans le *Petit Journal*:
sous la rubrique « A TRAVERS PARIS » :

« Un tragique accident, dont la victime appartient
à notre meilleur monde parisien, s'est produit hier
dans l'escalier d'une maison de la rue de Prosny.

« M. Léonard de La Houpette sonnait, vers 4 heures du soir, chez M. Guy de Beaupiquet, son ami,
lorsque le distingué sportsman s'abattit, foudroyé. Il
venait de succomber à la rupture d'un anévrisme. On
ne releva qu'un cadavre.

« M. Léonard de La Houpette, au bout de quelques
semaines seulement de mariage, laisse veuve, une
adorable jeune femme dont la douleur ne se raconte
pas ».

En effet, cette douleur était si remarquable qu'Yvette
fit graver sur la pierre funèbre, au Père-Lachaise :
Attends-moi!... non sans songer, par la même occasion : « Le plus longtemps possible ! ».

Cette élégante crapule de Guy de Beaupiquet
n'a pas jugé à propos de faire à sa maîtresse l'aveu
de son révoltant stratagème, console éperdument le
veuvage d'Yvette, et, de temps à autre, — car Guy

n'est point ingrat — il fête avec reconnaissance les appas majestueux d'Agathe du Collé-Monthey.

Esther Peau-de-Satin, grue redoutable, désastreuse, a daigné reconnaître *in-petto* qu'elle fut « *peut-être* » un peu loin avec l'ancien coco de ses béatitudes et, donnant à son remords une sanction, en guise d'amende honorable, elle s'est fait... inscrire à la Société protectrice des animaux.

Mlle Flora de Sanzambage, à qui n'eût point déplu le Guy de Beaupiquet, s'est sacrifiée entièrement pour Yvette, qui est toujours la « petite masque de ses joies ».

Enfin, Zoé, la camériste d'Esther Peau-de-Satin, a fait son entrée officielle dans la bicherie parisienne, et le digne larbin Jonas, dégoûté de la livrée, s'est créé, par la traite des blanches, une situation indépendante, agréable, excluant toute idée noire.

Et voilà.

Vous avez certainement, bonne gens, lu des histoires qui finissaient aussi bien — mais mieux, ah ! je vous en défie, car il est évident que la mienne, pour ce qui est du triomphe de la Vertu — toujours récompensée ! — se termine archi-délicieusement.

Courbevoie, Imp. E. Bernard, 14-15, rue de la Station.